T0328490

Les Enfants de midi

Du même auteur

– *Et si Dieu était complice*, Generis Publishing, 2020

– *Le Rescapé colonial*, Christon Editions, Cotonou 2019

– *Elle* (Poésie), Editions Continents, Lomé, 2019

– *Genre, identités et émancipation de la femme dans le roman Africain francophone* (Essai), Ed. Universitaires Européennes, 2017 ; Christon Editions, Cotonou 2018

– *Je ne suis pas que négatif* (Poésie), Editions Continents, Lomé, 2017

– *Ma maison d'initiation* (Roman), Editions Muse, Riga, 2017 & Christon Editions, Cotonou, 2017

– *Je suis le fils de quiconque m'aime* (Roman), Christon Editions, Cotonou 2016

– *Fictions africaines et écriture de démesure* (Essai), Editions Continents, Lomé, 2015

– *Les Plaies* (Poésie) Editions Awoudy, Lomé, 2015

– *L'image du ''Togolais nouveau'' dans l'œuvre romanesque de Félix Couchoro* (Essai), Editions Peter Lang, Berne, 2012.

Koutchoukalo Tchassim

Les Enfants de midi

Récit

MEABOOKS Inc.

ISBN 978-1-988391-12-0

© 2020 Koutchoukalo Tchassim

2ème édition

MEABOOKS Inc.

Lac-Beauport

Québec

A

Mes sœurs

Essozolim Nina BADIÈ

Justine Pwassawè ATÈKPÈ

En mémoire de la conjoncture

qui vivifia ce frontispice.

Notre Dame de midi

Un lardon de midi né à minuit dans les ténèbres, un lardon de l'ombre né de Notre Mère et de Notre Père de corps. Notre Mère était une souris de thymalle qu'ignorait celle légalement et religieusement conduite devant l'autel du saint sacrement avec orgues et mugissements de cloches, celle qui se croyait consacrée, celle qui songeait être investie de toutes les prérogatives : sorties et visites officielles, avoir à disposition son gros bébé à gérer à sa guise, un époux *so soft*, bienveillant, très serviable, très attentionné et sans reproches ; un géniteur affable, *so kind*, au sujet de qui les enfants du premier lit, conçus dans la lumière étincelante de l'Etoile brillante du matin, à chaque instant, ne crachaient que du bien, car il leur exprimait toute son affection, tout son amour et toute sa chaleur paternelle. Il leur consacrait quelques-unes de ses heures creuses à les accompagner, et très souvent les après-midis, au ciné, soit dans des aires de jeu, soit à la piscine ou les invitant au restaurant. Les enfants de lumière adoraient l'eau bleu clair des bassins artificiels qui leur donnait des sensations miraculeuses de souplesse et de bien-être. Ils y allaient très souvent recevoir leurs miracles et signes de bourgeoisie sélective, car Jésus n'y était jamais passé pour faire de cette piscine qui les accueillait celle de Bethesda aux quatre portiques et aux vertus miraculeuses et purificatoires, ouverte au grand nombre de malades, d'aveugles, de boiteux, de paralytiques. Leur piscine n'était pas celle des misérables.

Notre Mère nous avait conçus chacun à midi, mes deux frères cadets et moi, et nous avait accouchés dans la nuit, dans la douleur. Notre vie de misérables desséchée par les rayons brûlants de midi, dégageait une puanteur acerbe que nul enfant de lumière ne désirerait. *C'est le soleil qui m'a brûlée.* Notre Père, nous ne le voyions qu'une fois la journée, les midis où il n'était pas vraiment à nous. C'est Notre Mère qui nous criait dessus tous les midis : « Allez-y accueillir votre Père qui est arrivé. » Puis il s'enfermait avec Notre Mère dans la grotte de noces afin de dépouiller les dossiers importants selon les propos hypocrites et mensongers des adultes. Il n'y en ressortait qu'après un long moment entrecoupé de silence, de murmures, d'assouvissements et d'inhalations de leurs odeurs réciproques, sourire aux lèvres, le corps très embaumé et détendu, suivi ou précédé de Notre Mère aussi légère et resplendissante, dont le regard félin et coruscant contrastait avec celui mélancolique et ferme qu'elle nous avait prêté à voir quand Notre Père tardait à faire vrombir sa BMW au pied de la clôture de notre maison. Notre Mère aussi voulait s'appliquer au rattrapage parce qu'elle n'était qu'une femme de midi même si son cahier de charge était permanent. Notre Père ne passait la voir qu'à midi. Un drôle de couple réglementaire, légalisé et certifié par la belle-famille et la mairie. La main de Notre Mère fut demandée auprès de ses parents s'ensuivit un mariage civil, mais pas religieux, ce dernier étant déjà arraché par la première bourgeoise, celle des nuits. Le prêtre savait Notre Père monogame avec trois enfants. Il était saint, passait à la table des saints. Mais il était lié à ses parents par un secret, celui de son second conjungo, un hymen d'arrangement, une union de l'ombre.

Notre Père avait pris en mariage Notre Mère sur l'initiative de ses parents. L'idée fut accouchée par Grand-mère qui convainquit Grand-père de ce que leur fils avait l'obligation d'épouser une fille de sa famille à elle afin que ses biens restassent en famille. La première meuf est originaire de la même aire géographique que Notre Père, mais Grand-mère la considérait comme une étrangère venue profiter des biens de leur fils en vue d'enrichir sa famille. Aux yeux de Grand-mère, la première épouse n'était qu'une pauvre profiteuse dont l'objectif était de dénuder les poches de son garçon en ce sens qu'à peine avait-elle regagné son foyer que sa mère l'avait suivie, prétendant venir l'aider à s'occuper du nourrisson. Notre Père partageait le point de vue de Grand-mère, puisqu'à chaque fois qu'il y avait un malentendu entre lui et l'étrangère, il n'hésitait pas à lui cracher dans le visage l'injure de « sale profiteuse ». Grand-mère n'avait ni aimé sa bru ni apprécié leur union. Elle décida donc de contrecarrer la mission de cette voleuse et de sa mère accrochées à la culotte de son garçon qui les nourrissait comme des oisillons. À cet effet, elle contacta sa sœur aînée résidant au village avec ses cinq filles dans une galère indicible. Elle n'avait pas eu la chance ni de réussir comme Grand-mère ni d'épouser un fonctionnaire. Elle lui proposa le marché qui fut rapidement conclu, puis elles avaient convenu de porter le choix sur la plus jeune des cinq filles, qui était d'ailleurs la plus belle. Il s'agissait d'un mariage d'arrangement, d'un mariage par consentement, d'un mariage de famille. Notre Mère fut celle qui était choisie au détriment de ses sœurs aînées encore célibataires qui envièrent à mort l'heureux sort de leur cadette.

Notre Mère était très belle, très belle comme une biche revêtue de son pelage soigné, lumineux et attractif à distance, belle comme une colombe transpercée par la lumière de sa candeur. Corps frêle et teint noir ciré avec un visage aussi poli que de la cire, sa poitrine aux jumelles fermes, braquées et dures, dégageait la fraîcheur qui tapait dans l'œil des jeunes lionceaux de son âge. Ils se léchaient les babines et se frottaient les mains dans son dos chaque fois qu'ils la croisaient au passage et méditaient de lui tendre des appâts de sorties, de ballades ou de cadeaux, mais jamais elle n'avait cédé aux mirages. Du haut de ses dix-huit ans, le champ de Notre Mère était encore vierge. Aucun laboureur ne l'avait défriché. Elle fut donc transportée de la campagne à la ville comme un colis à offrir à Notre Père. Heureux, Notre Père l'était un jour inattendu du marché de notre village, quand à midi, Grand-mère lui livra l'information en ces termes : « Allo, mon fils, apprête-toi à célébrer tes secondes noces, car celle qui est appelée à devenir ta deuxième épouse nous sera ramenée à midi ».

À dix-huit heures, il passa chez Grand-mère pour constater la livraison de celle qui était en passe de devenir sa conjointe. Un appétit fou et démentiel prit d'assaut son entre-jambe qui diffusa une sensation forte vrillant tout son être, à la vue de Notre Mère, mais il se contenta d'ingérer sa salive, de faire la guerre à cet appétit morbide, irréfléchi pour remettre tout au lendemain ; sa maison ne pouvant pas l'accueillir. Grand-mère hébergea sa bru pour cinq années, le temps qu'elle s'habituât à la vie de la ville et qu'elle devînt une véritable femme. C'est dans la maison de Grand-mère que nous fûmes nés, mes frères cadets et moi. Sixième année, année de naissance de notre benjamin. Trois mois après sa naissance, Notre Père décida de trouver un appartement à Notre Mère qu'il voudrait bien soustraire de l'attention bienveillante de ses parents et assumer ses responsabilités de père.

Il était de coutume pour lui de trembler devant Notre Mère, vu que l'odeur de sa fraîcheur, de sa souplesse et de sa saveur le soûlaient. Il n'avait jamais oublié le premier midi qu'il avait passé avec elle, dans un duel corporel titanesque, pacifique et monstrueusement délicieux. À chaque fois qu'il la revoyait, ses effluves, qui sentaient l'hymen de sa virginité, remontaient des profondeurs de son âme excitée et incitée à aller vers un corps dont il était fier de savourer la succulence juvénile et d'humer le parfum et la fraîcheur des différents pôles vierges qui lui inoculaient leur venin sensationnel. Le cœur de Notre Père n'avait jamais été réchauffé par la *made in village* dont il ignorait l'existence et qu'il n'avait pas connue auparavant ou qu'il n'avait jamais fréquentée ni par courtoisie ni par amabilité pouvant attiser à petits coups la flamme de l'amour. On la lui avait imposée dru et rien ne présageait la naissance et la connexion des flemmes du moment où ils n'avaient pas non plus eu la chance de vivre sous le même toit. La séduction pouvait-elle naître et mordre dès l'instant où Notre Mère n'était pas incitée à « l'art de convaincre sans avoir raison » ni n'avait jamais appris l'art de séduction qui investissait ces corps fanés des villes qui n'avaient plus rien à offrir que leur savoir-faire ? Ils se retrouvaient journellement les midis, quelquefois pas une fois la journée. Cette vie de rencontre saisonnière n'avait pas non plus scotché son instinct de mâle ni rongé ou infecté son cœur, l'imprégnant de cette maladie cardiaque tant recherchée, tant appelée de tous ses vœux, mais qui résistait, refusait de venir, car on peut apprécier un cadeau, y être attaché, mais pas en faire une idole.

Le contact avec Notre Père ne s'opérait qu'en deux temps, à des moments précis. À son arrivée pour quelques secondes, et à sa sortie de la grotte nuptiale pour quelques minutes. Nous le prenions pour une connaissance de Notre Mère, car pour nous, il n'était pas un père, un vrai qui a de l'affection pour ses enfants. Nous ne disposions pas d'affection paternelle qui nous manquait cruellement ; il fallait donc la rechercher du côté de notre oncle maternel. Le frère cadet de Notre Mère qui tentait de nous consoler, mais pas véritablement. Il avait ses propres enfants et faisait ce qui était en son pouvoir en ce qui nous concernait. Je ne lui en voulais pas, parce que pour moi, c'était une fuite de responsabilité que de faire de ses enfants des orphelins de son vivant. Notre oncle n'y était pour rien dans la situation que nous traversions, mes frères cadets et moi. On a toujours offert aux orphelins l'utile et non l'agréable, et la vie pour eux n'a toujours été que de la mer à boire. Nous étions des orphelins d'un père vivant. Notre Mère en avait conscience et lisait de tout temps la tristesse sur nos visages. Notre maison était une maison de location et nous partagions une cour commune avec d'autres locataires. Chaque soir, à dix-huit heures, des enfants de notre âge s'accrochaient à leur père qui rentrait de service. Très contents de retrouver celui qui leur donnait la joie de vivre, le pilier sur lequel ils fondaient leur espoir. Mes frères et moi, devant ce spectacle sensationnel, courions nous enfermer dans notre thurne pour pleurer notre malheur d'enfants orphelins de père vivant.

Notre Père n'avait jamais passé la nuit avec nous, malgré l'insistance de notre benjamin qui tentait de le retenir en tirant un pan de sa veste, pleurnichant à chaudes larmes, les quelques rares fois qu'il y faisait des crochets à dix-huit heures. Un jour, lors de l'une de ses tentatives à retenir Notre Père chez nous, notre benjamin fut violemment repoussé par lui qui le fit choir au pied d'un mur du salon. Et côté gauche de sa tête ayant reçu le choc fut ampoulé. L'ampoule disparue, il jura de ne plus forcer le cours de la vie d'enfants orphelins que nous menions. Aussi Notre Mère égrenait-elle les nuits toute seule dans des draps bien froids et secs sans aucune chaleur de l'être d'en face. Elle avait sa misère qu'elle vivait dans son cœur surchargé de rage et d'amertume. Elle avait cru avoir fait un bon choix, celui d'épouser un homme déjà engagé, un homme assagi par les événements de la vie. C'était sans compter avec les risques et les conséquences émaillant un monde où le vagabondage sexuel est devenu aussi bien l'affaire des jeunes gens célibataires que des hommes mariés, des hommes saints de la bouche, des bouches qui pissent des mensonges, des tonnes de mensonges, à tel point que les réponses que Notre Père donnait à Notre Mère au téléphone m'intriguaient en même temps qu'elles me faisaient sourire. « Chérie, je suis en réunion. Je te rappelle » ou « Excuse-moi, j'ai une rencontre avec mon directeur, je ne pourrai pas passer le midi avec toi ». Notre Mère avait une copine à qui elle confiait ses déboires. Un midi, elle lui rendit visite à dessein.

— Ma copine, tu n'es pas affairée ce midi, comme je te vois libre-là ?

— Non ma copine, aujourd'hui-là, y a pas business looooo! Comme tu le vois-là, c'est sécheresse absolue. Même rosée-là, y a pas eue.

— S'il te plaît, veux-tu bien m'accompagner quelque part ? Je voulais te faire découvrir une chose pas moins importante. Ça te réveillera probablement.

— Volontiers.

Les deux copines se remorquèrent alors sur la moto de Notre Mère. Elles traversèrent notre quartier par des

19

voies labyrinthiques débouchant sur un autre quartier situé au nord-est, à la lisière de la ville. Elles s'arrêtèrent net devant un hôtel mi-construit mi-chantier.

— Regarde à ta gauche, tu vas découvrir ce gamos, celui de ton cher époux qui, au lieu de se perdre, en ce moment, dans les nuages brumeux et chaleureux de ta chair et faire couler dans tes veines les eaux douces de ta sécrétine, a préféré se faire engloutir par les eaux boueuses d'une vache folle qui draine tous les déchets du monde sur son passage à les dispatcher dans plusieurs caniveaux malpropres à l'exemple de ton époux qui te les perfusera. Je voudrais que tu aies une preuve puisque tu estimes que j'en sais trop, constate-le de visu.

Notre Mère, très furieuse, en voulut est prise à sa copine : « Que veux-tu que je fasse, hein ? Pour quelle raison m'as-tu conduite ici ? D'ailleurs, je m'en vais ».

— Patie, c'est comme ça que tu me remercies ? Je voulais te rendre service et c'est comme ça que tu me remercies ?

Dis-moi que tu voulais me créer des ennuis, oui ! Peut-être même que tu le convoites toi aussi.

Sur ces propos, elle empoigna sa moto et la chevaucha aveuglement tel un cheval galopant surexcité par les coups de son cavalier, laissant sa copine sur les lieux, confuse. Rentrée à la maison, Notre Mère n'avait que ses yeux pour pleurer. De la même manière que Notre Père trompait sa première épouse avec Notre Mère, il la trompait également avec d'autres femmes. Elle décida désormais de tuer à petit feu Notre Père dans son cœur. Elle nous suggéra de considérer que nous avions une mère, mais pas véritablement un père.

Mes frères cadets et moi étions inscrits dans une école privée de notre quartier. Des matchs de football furent programmés entre écoles. L'équipe de notre école avait un match contre une équipe adverse, celle de l'école que fréquentaient mes demi-frères qui, avec leur mère, ignoraient notre existence. Notre équipe avait remporté le match. Nous les supporters élèves, nous nous livrâmes à des chants de liesse. Les supporters du camp adverse, non contents du score et de notre manifestation, s'en prirent à nous. Un garçon un peu plus âgé que moi vint par derrière m'assener un coup violent à la tête. Je répliquai en lui donnant un coup dans l'abdomen. Nous nous empoignâmes, engageâmes une lutte sans merci avec des coups de poing, des coups de pieds. Je fus sérieusement battu et blessé par mon demi-frère aîné. Le lendemain, ma mère porta plainte auprès du directeur de notre école. Une convocation fut adressée au père de mon demi-frère. En lieu et place du père, c'est sa mère qui se présenta. Le directeur constata que mon demi-frère et moi portions le même nom. Mais personne ne se doutait qu'on était des frères consanguins.

— Madame, c'est votre époux que nous désirions voir ? dit le directeur.

— Il est au service.

— Quel service ?

— Le poumon national.

— Et vous madame la plaignante, où est votre époux ?

— Au service.

— Quel service ?

— Le poumon national.

— Et il s'appelle comment ?

— KOUAKOU Kouakan.

— KOUAKOU Kouakan ? reprit le directeur. Vos enfants sont d'un même père.

—Apparemment oui, répondit Notre Mère.

— Espèce de voleuse de mari. C'est vous qui détournez mon mari. Vous allez me le payer cher, hurla madame la première épouse.

— Non madame, je ne détourne pas votre mari ; c'est mon mari à moi aussi, il m'a légalement épousée et le mariage consommé à la mairie centrale de Zongra. Je ne suis pas voleuse de mari comme tu le prétends. C'est toi, au contraire, qui ne sais pas entretenir un homme et tes beaux-parents, las de tes incongruités, ont porté leur choix sur moi pour que j'apporte chaleur et vie à leur fils. Pauvre moche, femme momie va !

— Ah bon ! (Elle a les mains à la hanche) Vous avez la gueule en plus. Sale petite peste mal élevée ! A qui traites-tu de momie ? Je vais t'arracher les yeux et tu retourneras chez toi malvoyante pour l'éternité.

Elle joignit l'acte à la parole et se jeta sur la tronche de Notre Mère, tirant sa chevelure gonflée par les relaxants chimiques dans tous les sens. Celle-ci, par instinct d'auto-défense, lui niaqua l'un de ses brandillons.

Elle hurla à mourir et la lâcha. Elle tint son bradillon gnaqué et se tordit de douleurs pendant que Notre Mère, elle, s'occupait de son ciboulot et de ses cheveux entremêlés. Le directeur, face à ce spectacle désolant, ne savait à quel saint se vouer.

Vous allez m'arrêter ça oui ! Regardez dans quel état vous êtes toutes deux ! (Chacune lorgne l'autre).

Moins agressée, Notre Mère quitta le bureau du directeur sans faire du bruit. La première épouse venait de découvrir avec stupéfaction qu'elle avait une coépouse, une femme de l'ombre qui s'occupait de son cher époux certains midis.

Après cet incident, Notre Père devint rare chez nous, puis complètement absent. Notre Dame de l'Eglise avait signalé les escapades de son époux au curé de leur paroisse ayant célébré leur mariage. Notre Père fut convoqué par l'Homme à la robe blanche afin de recueillir sa version des faits. Notre Père ne nia pas notre existence et celle de Notre Mère dans sa vie. « C'est anti-sacramentel », formula le curé qui ajouta : « Monsieur Kouakou, vous n'avez pas respecté le sacrement du mariage. Vous devez renoncer à la seconde femme. Sinon l'Eglise ne la reconnaît pas et ne la reconnaîtra jamais comme votre épouse et vous n'aurez plus droit à l'eucharistie. C'est à vous d'en décider ». Notre Père se mit debout : « Monsieur le curé, j'ai volé à ma seconde épouse sa virginité, j'ai éventré ses entrailles pour y déloger trois oisillons. Au nom de cette violence légitime exercée sur elle, je renonce à l'eucharistie, mais demeure tout de même membre de l'Eglise ». Cette décision de Notre Père, aussi crue et inattendue, brisa le cœur de Notre Dame de l'Eglise qui trouva désormais refuge dans les actions de grâce et les propos compatissants du curé. Puis vint un jour où la compassion changea d'adresse et de camp ; elle n'était plus verbale ni gestuelle, mais sensuelle. Notre Dame de l'Eglise inhalait goulûment, aux heures de pointe de Notre Père, les odeurs saintes du saint sacrement de l'infidélité dans les saints draps de l'Homme à la robe longue et blanche. Elle se délecta de ses odeurs qui avaient englouti celles de Notre Père devenu pour elle un amant inséparable et un cocu réglementaire.

Malgré les vomissures radicales de Notre Père devant le curé, notre cambuse fut vidée de ses eaux paternelles; elle était à moitié déserte. Le visage de Notre Mère qui rayonnait auparavant d'un éclat mi-figue mi-raisin s'assombrit. Elle se battait autant que faire se peut, mais la tristesse envahissait tout son corps devenu moite, sans éclat. Ses nuits étaient sans sommeil et paraissaient longues, interminables. A chaque fois que je me réveillais pour mes besoins sanitaires, j'entendais les agitations de Notre Mère soumise à de rudes épreuves de l'insomnie. Elle se tournait d'un côté, puis de l'autre, remuait sa couverture comme pour y déloger le démon de l'insomnie. Quelquefois, je jouais à l'espion pour découvrir de près ses gestes et faits élaborés de façon disparate dans une lueur que distillait la lampe de chevet. Elle se morfondait dans des gémissements qui, me semblait-il, ressemblaient à des prières. Une nuit, fatigué de la retrouver toutes les nuits dans cet état piteux, je décidai de l'interpeller : « Maman, pourquoi gémis-tu toutes les nuits depuis un temps ? » Elle se leva et vint à ma rencontre, serra mon corps contre le sien et me fit un câlin en disant : « Mon garçon, veux-tu bien me laisser seule ? Va te coucher parce que tu dois te réveiller tôt pour l'école ». Elle me renvoya à mon lit avec une grosse bise sur ma tête.

Au réveil le matin, Notre Mère avait le visage bouffi.

— Qu'as-tu maman ? T'ai-je fait de la peine hier nuit ? On dirait que tu as pleuré, maman.

— Pas du tout mon chéri. Va, prépare-toi pour l'école.

Ce matin, ne pouvant plus supporter seule son chagrin, elle décida de se confier à une Mamie avec qui elle avait tissé de bonnes relations dans cette cour commune. Elle alla toquer à sa porte.

— Toc, toc ! *Mummy*, bonjour *Mummy*.

— Qui est-ce ?

— C'est ta fille. J'espère que je ne te dérange pas ce matin ?

— Pas du tout, ma fille. Entre !

Elle entra et présenta ses civilités à celle qu'elle considérait comme sa mère, la tête baissée, tant ses globes étaient inondés de l'eau lacrymale.

— Assieds-toi, ma fille, sans protocole. Que me vaut l'honneur de cette visite matinale ?

— Maman, maman, je n'en peux plus ?

— Arrête de pleurer et crache ce qui te met dans cet état.

— Depuis trois mois, il a disparu. Il est injoignable sur son téléphone. Or, je ne connais pas son domicile. Je fais quoi avec trois gosses sur le bras ?

— Ma chérie, essuie tes larmes et cesse de pleurer. Tu sais que je n'aime pas te voir triste. Et puis, tu n'es pas belle quand tu es triste.

Elle se leva, lui fit des câlins, une façon à elle de la calmer. Mamie réussit ce pari et demanda à Notre Mère d'aller se faire belle et de revenir, le temps qu'elle réfléchit à la solution idoine. Elle revint dans notre chambre, m'aida à me préparer pour l'école, puis elle prit une douche fraîche qui lui donna un soulagement. Sortie de la douche, rêveuse, elle me parut métamorphosée par une alchimie que je ne saurais imaginer. Elle se glissa dans sa chambre où elle s'embauma et se parfuma de l'un de ses parfums qui anéantissent tous les odeurs indigestes et qui colonisent tous les espaces de ses effluves. Elle en ressortit, élégante dans une robe qui moulait ses rondeurs. Impressionné, je lui sautai au cou.

— Maman, c'est comme cela que je veux te voir souvent. Veux-tu bien me le promettre ?

— Bien sûr, mon chou. Promis !

Je pris mon sac et sortis de notre grotte pour le chemin de l'école pendant que Notre Mère se dirigeait vers le couvent de Mamie d'où sortirait la solution magique à notre problème d'enfants orphelins et à celui de Notre Mère, femme mariée sans mari. Elle y rentra en conclave avec sa *Mummy*. Soudain, la fumée blanche en sortit. Illuminée, Mamie interrompit les échanges liminaires.

— Tu connais notre pasteur ?

— Non, *Mummy*.

— Ah ! Il est particulièrement oint dans la gestion des foyers conjugaux. Je l'appelle tout de suite et considère que ton souci est enterré.

— Merci, *Mummy*. Je savais que je pouvais compter sur toi.

Elle prit le téléphone et lança l'appel. Première, deuxième, troisième tentative, les services de la téléphonie mobile indiquaient : « votre correspondant est déjà en ligne, veuillez renouveler votre appel ». Quatrième tentative, c'était la bonne, le téléphone sonna.

— Allez, décroche, décroche vite, vite, vite. Allo, allo, *pastor boubouto, Mawu yrao looo* ! (Révérend pasteur, Dieu vous a béni).

— *Oyra ohan* ! (Vous êtes béni, vous aussi). Que puis-je pour vous ?

— Pasteur, j'ai ma fille qui a des soucis, et je voudrais solliciter un rendez-vous pour elle pour une séance de prière. Je vous la passe.

— Allo, pasteur !

— Allo, ma sœur, peux-tu passer tout de suite, je te recevrai avant la séance collective.

— Merci pasteur, à tout de suite. Je vous repasse maman.

Mamie reprit le téléphone, remercia le pasteur, puis raccrocha. « Allez, ma fille, dépêche-toi de répondre au rendez-vous. Que le Seigneur t'accompagne et exauce tes prières ». « Amen, Mam !» Elle sortit précipitamment de chez Mamie, traversa la cour avec frénésie pour héler un taxi-moto de passage devant notre maison. « Je vais au *Temple reçois tes bénédictions*, non loin de la place publique *Soleil noir*. Le conducteur du taxi-moto connaissait parfaitement ledit temple, et son pasteur, pour en avoir été membre. Cependant, il ne l'est plus parce que le pasteur lui avait dérobé, dans sa misère, sa puce. Il n'osa pas mettre la puce à l'oreille à Notre Mère, prétextant qu'elle n'avait qu'à faire son expérience personnelle.

Le pasteur donna des consignes à ses serviteurs au sujet de Notre Mère, une sorte de laissez-passer qui lui permettrait de brûler les étapes. Malgré la longue file des audienciers qui attendaient, elle fut prestement reçue, raconta son problème au pasteur qui, après réflexion, vint à lui dire : « Ma fille, Dieu me charge de te dire qu'à partir du moment où tu as mis pied dans ce temple, considère que ton problème est résolu. Mais il ne fait rien sans sacrifices. Tu dois sacrifier ton temps pour les prières. Ainsi, demain tu reviendras avec tes enfants, qui sont, à partir de cet instant les miens, pour une prière spéciale. Nous allons prier. Eternel, bénis cette femme qui est venue à tes pieds, chargée, afin que tu lui donnes du repos ; décharge-la, Seigneur, de ses fardeaux. Toi qui as délivré tes enfants d'Egypte, j'ai la ferme conviction que tu as déjà délivré ta servante

Patie aussi. Dans le nom puissant de Jésus-Christ, nous avons prié. Amen ! *In the mighty name of Jesus-Christ, we pray*, Amen ! Amen ! « À demain, ma fille ». « À demain pasteur ».

Revenu de l'école à midi, je trouvai Notre Mère très gaie et légère. « Humm, maman, dis-moi ce qui t'a rendue si gaie ». « Mon fils, je ne te dis pas. *Mummy* m'a envoyée chez un homme de Dieu au travers de qui l'ange de Dieu est descendu pour me décharger de mes fardeaux. Je me sens soulagée et légère. Merci Dieu. Il a même demandé à ce que je repasse demain avec vous pour une séance de prière spéciale ». « Maman, j'espère que tu crains l'eau tiède parce que tu as été échaudée. Prudence, maman ». « C'est toujours vous les enfants qui avez des prémonitions tordues ». « Excuse-moi, maman ». Je m'enfermai tout l'après-midi dans notre chambre pour digérer mon inquiétude. Notre Mère ne voyait que le bout de son nez ; elle n'avait pas imaginé ce qui pouvait se cacher derrière l'empressement de ce soi-disant homme de Dieu. Est-ce la sincérité ou la fourberie ? Laissons le temps au temps qui nous révèlera les dessous de ce *fast food* religieux *made by God*.

Le lendemain, nous fûmes au rendez-vous à 15h. Papa pasteur pria pour nous dans son bureau en nous imposant les mains. Une prière qui n'excéda pas trente minutes parce qu'il avait à recevoir d'autres fidèles. Son bureau, sobrement meublé, était dans son ensemble composé de deux espaces : un espace-bureau séparé d'un grand rideau qui tient depuis le toit jusqu'au sol brodé de dentelles. À l'arrière de l'espace-bureau, l'espace-repos meublé d'un lit, deux chaises, des porte-manteaux et un lave-main que je perçus à travers l'espace-traitre glissé entre les deux battants du rideau. Ces accessoires de l'espace-repos renforcèrent mon inquiétude. Mes petits frères, dans leur monde idyllique, ne pressentaient aucun danger. Au contraire, ce fut pour eux un plaisir de rencontrer un homme de Dieu puissamment oint. Nous quittâmes ce bureau aux odeurs infectes entremêlées d'anxiété et de bonheur, sans le moindre regret pour moi. Notre Mère devrait revenir à 18h pour une prière particulière parce que le pasteur n'avait pas suffisamment prié pour nous, faute de temps.

À la maison, elle fut excitée, tellement surexcitée

qu'on dirait qu'elle allait aux noces de Cana où Jésus n'allait pas transformer l'eau en vin, mais allait transformer son statut de femme mariée et célibataire en celui de femme mariée logeant sous le même toit avec son conjoint. Elle prit une demi-heure pour nous faire à manger. À table, elle eut un de ces appétits pareils à celui de quelqu'un qui n'avait plus vu le visage de la nourriture depuis des lustres. Bien repue, elle prit de nouveau sa douche, se drapa, pour la circonstance, d'une robe longue qui calquait ses rondeurs, se maquilla et se parfuma excessivement. Son coursier l'attendait à moto à l'entrée de la maison. Sur des talons aiguilles qui hurlaient à son passage, ses rendez-vous avec le pasteur se concevaient à l'insu de Mamie, désormais oubliée sur le banc de touche. La prière était-elle faite ? Comment ? Et où ? *Seul le diable le savait.* Dieu ne l'avait pas non plus ignoré, car *Maman a un amant.* L'odeur maussade et attractive du bureau de son sauveur était déterminante. La prière commença dans l'espace-bureau et s'acheva dans l'espace-repos, dans le lit sans que Notre Mère se rende compte. Dans l'espace-bureau, elle avait reçu, à un moment donné, l'imposition des mains de son co-équipier qui voulait la délivrer de l'esprit de solitude. La puissance de l'éthanol, des mains du co-équipier, l'avait tristement plongée dans un état somnambulique l'ayant conduit au bloc opératoire du saint-nitouche, un abattoir oint des souillures charnelles et maléfiques. Elle y passa la nuit sans son chirurgien qui devait répondre présent à l'appel de la maîtresse de maison pour ne pas éveiller le moindre soupçon.

Au petit matin, il revint libérer son otage sous le prétexte d'une prière matinale. Le grincement des dents de la porte réveilla cette dernière. Elle se retrouva dans la tenue d'Ève face à son gourou spirituel qui s'apprêtait à récidiver. Confuse, elle sentait encore l'odeur de son agresseur dans son corps rebelle violé. Le gourou ne cacha pas le plaisir qu'il a éprouvé dans cette aventure. Il avança vers elle ; elle ramassa le drap du lit et couvrit son intimité. Il le lui arracha. « Tu n'as plus rien à me cacher maintenant, ma-dame ! Et puis, humm, tu as été superbe. Tes odeurs me parcourent encore les veines et me donnent l'appétit ». Il voulut la toucher, elle quitta le lit et recula. Ne me touche pas.

Laisse-moi sortir d'ici ou je crée un scandale. Je ne peux pas ». Il se mit à baver. « Tu ne peux pas, non ? Viens alors ». Il crut à la sincérité de sa proie et à son idiotie à lui, puis avança vers elle le muscle surchargé. Elle se leva brusquement, telle une possédée en transe, agrippa son muscle baraqué d'une main et de l'autre ses couilles. Elle les tortura sauvagement sans cœur. Il hurlait à mourir. Impuissant, le corps du violeur se retrouva au pied du lit transpirant l'odeur de la douleur. Notre Mère ramassa ses effets, s'habilla rapidement et quitta les lieux par la porte furtive. Elle arriva à la maison essoufflée. Elle se réfugia précipitamment dans sa grotte sans chercher à savoir comment mes petits frères et moi avions passé la nuit ; elle privilégia sa douche comme pour se débarrasser des puanteurs ayant envahi son corps et reprendre son souffle et son odeur.

Elle ressortit s'installer sur la petite terrasse, donnant l'impression de suffoquer. Je ne paraissais pas préoccupé par son état. Mamie qui l'observait depuis l'entrée de sa porte, avança et lui fit signe de la main. « Ma fille, viens ». Elle se leva et s'approcha d'elle. « Qu'y a-t-il ? » Elle se mit à pleurer. « C'est… c'est le pasteur».

« Il t'a violée, n'est-ce pas ? ». Elle acquiesça de la tête. Remets tout au Seigneur. Repose-toi et on en reparlera en fin de journée. Elle revint dans la chambre, se jeta dans son lit et y passa toute la journée, la honte collée à son double, incapable de nous regarder dans les yeux. Ce fut une journée amère qu'elle n'ait jamais connue. Mamie était à nos soins pour couvrir sa honte à elle et se racheter à nos yeux pour avoir mal orienté Notre Mère. Il ne faut pas vendre un voleur pour acheter un sorcier.

Le voleur connu

Un voleur vaut-il mieux qu'un sorcier ?
Un voleur connu vaut-il mieux qu'un sorcier
Méconnu ? Les deux ne sont-ils pas des brigands ?
Chacun à sa manière barbote avec des ailes de délinquant.
Le voleur braque, dérobe, bigorne sous le soleil accablant
Ou dans les ténèbres profondes investies de terreur
Le sorcier mystérieux, égorge dans les ténèbres frayeurs
Où sous le soleil ardent dans une impossible visible chaleur
Ils sont tous des terroristes dépourvus d'un sensible cœur
Ils ont tous en partage le soleil et les ténèbres en chœur
Mais jamais l'ombre mystérieuse en partage pourvoyeur.

Le voleur semble-t-il meilleur au sorcier ?
Le sorcier semble-t-il pire que le voleur ?

Par ses actes visibles on ne connait le voleur
Par ses actes mystérieux, invisibles le sorcier
Est ignoré. Un sorcier saint hypocrite bourbier.

Le grand tableau naturel duquel découle la vie courante
Très souvent fait circuler des leçons plus qu'édifiantes
Un mauvais serviteur, sujet bien connu et très capricieux
Fait cultiver la patience, maître mot d'un succès précieux
À s'en contenter que de risques à courir avec un monstre
Cruel inconnu à faire vivre un pire et abominable désastre.

Grand-père m'a toujours conseillé de ne jamais, en colère, jeter une calebasse moisissureuse au profit d'une nouvelle car, dit-il, tu risquerais de vendre le voleur pour acheter un sorcier. Il ajoutait notamment de ne jamais vider le fond des jarres lorsque les nuages se forment. Il clôturait ses conseils en me recommandant la patience qui est un chemin d'or. Et c'est mon grand-père qui me l'a dit.

Il était cinq heures du matin. Toc toc toc ! « Ouvre *mummy*, c'est ta fille », chuchota-t-elle. Notre Mère allait consulter de nouveau sa conseillère, mais cette fois-ci, elle y allait avec une proposition dans sa caboche, celle de solliciter sa belle-famille dans la reconquête de son époux. Mamie se réveilla et ouvrit timidement sa porte.

— Entre, ma fille.

— Bonjour *mummy*, j'espère que je n'ai pas perturbé ton sommeil ?

— Pas du tout.

Et pourtant, elle avait un visage qui paraissait harcelé par l'odeur des excréments, exprimant la contradiction entre ce qu'elle disait et ce qu'elle ressentait.

— Merci bien, *mummy*. Hier soir, je devais passer te voir, mais tellement j'étais épuisée que j'ai dû rester au lit. Je suis là à l'accouchement de ce nouveau jour non pas pour te parler du pasteur, qui actuellement se trouve je ne sais où, mais pour t'informer que je dois changer de stratégie. Je dois reconquérir mon mari ; il m'a légalement épousée, il n'est donc pas question de le laisser tomber. Ce serait faire plaisir à cette bamboche à l'allure d'une pierre roulante. Je n'irai pas me jeter dans la gueule d'un sorcier que je méconnais parce que je suis en situation, (non pas en *Situation I* ni en *Situation II* de Jean-Paul Sartre ; en situation tout de même).

Non *Mum* ! Je dis non ! Je sais déjà que lui, il est un chasseur qui tire sur tout ce qui bouge sans préférence. Et je le sais déjà. Il vaut mieux le reconquérir que de me livrer à ton soi-disant complice d'homme de Dieu.

— Ma fille, tu as raison. Mais bien avant de me prononcer sur ta nouvelle position, je suggère que nous priions pour notre pasteur. Il paraît qu'il est hospitalisé et immobilisé parce que ses affaires masculines seraient gonflées en bloc.

— *Mummy*, puis-je savoir en quoi l'affaire du pasteur me concerne-t-elle? C'est ton pasteur et tu peux prier pour lui. Pour moi, il n'est pas un pasteur, mais un démon, Lucifer en personne. Tu me parles encore de lui une seconde et je m'en vais, car il a bien mérité ce qui lui est arrivé.

— Excuse-moi, ma fille. Il faut que tu lui pardonnes, parce que l'Esprit de Dieu me dit que ton idée de reconquérir ton mari est la résultante des prières qu'il avait faites avec toi. Dieu a dit de pardonner sept fois sept cent soixante-dix-sept fois.

— Et moi, je ne pardonnerai pas une seule fois.

Les propos de Mamie lui avaient sérieusement secoué

les entrailles et fait remonter en elle les odeurs de ce pasteur-fils-du-diable. Elle se leva et sortit, furieuse, de la chambre de Mamie sans écouter ses hurlements ni regarder derrière elle. Elle revint se rincer prestement et se vêtit en tenue africaine, pagnes super wax hollandais mauves fleuris, puis lança une fois au seuil du salon : « Prépare votre petit déjeuner. Je vais rendre visite à grand-mère Cathy, la maman de votre père». Elle s'en alla sans regarder derrière elle.

La visite matinale de Notre Mère surprit grand-mère, mais la réjouit tout au plus parce qu'il y avait longtemps qu'elle attendait ce pas. Des rumeurs devenues des clameurs diffusant l'éclaboussement du second foyer de son fils lui étaient parvenues. Cependant, ni son fils ni sa bru ne lui avaient apporté des informations à cet effet. Elle ouvrit grandement ses bras pour accueillir sa bru.

« Bienvenue, ma fille. Tu ne peux pas imaginer combien je suis très heureuse de cette visite matinale. J'avais la prémonition que cette journée serait une journée bénie pour moi parce que la brise matinale a fouetté mon corps d'une étrange sensation de paix que je n'ai pas réussi à m'expliquer. Et voici que l'explication est venue toute seule ».

Elle se mit à genoux devant sa belle-mère pour lui présenter ses excuses d'être restée silencieuse et distante les trois mois écoulés et la remercia de cet accueil chaleureux qu'elle lui avait réservé.

— Relève-toi ma fille. Assieds-toi et dis-moi l'objet de ta visite. Chez moi, c'est la paix, rien que la paix. Il est souvent dit chez nous : « On détient déjà l'information, mais on veut tout de même en avoir la confirmation ».

— Evidemment, *Mummy*. Chez moi, c'est la paix avec un peu de chaleur, comme tu le sais. Depuis trois mois, ton fils, mon mari, n'a plus pris la température de mes draps. Au début, j'ai cru que c'était l'un de ces caprices passagers du déserteur habituel qui fuguait pour labourer d'autres champs, mais j'ai compris que c'était plus sérieux. Il paraît que celle avec qui il vit lui aurait fait une de ces scènes de ménage impossible à cause de moi qu'il s'était senti si humilié, si déshonoré qu'il a choisi de regagner une troisième. Je viens solliciter votre aide, belle-mère, pour le ramener à la raison.

Trois enfants sur le bras, où vais-je encore aller ? Si la première lui a fait une vilaine scène de ménage, est-ce de ma faute ? Depuis trois mois, il n'est joignable sur aucun de ses portables. Est-ce responsable ?

Elle se mit à pleurer. « Hep, hep, hep ». La belle-mère la consola. « Belle-fille, les hommes sont tous pareils. Ils ont un héritage en commun, l'infidélité et le vagabondage. Ce sont des chauds lapins, même vieux. Il vaut mieux porter désormais ton espoir en tes enfants que sur leur père. Mais je te promets sans jurer qu'il va revenir ». Elle se mit une deuxième fois à genoux au pied de sa belle-mère pour la remercier.

— Relève-toi, ma fille. C'est mon devoir. J'échangerai dans la journée avec ton beau-père sur la conduite à tenir.

— Merci, belle-mère. Je vais devoir rentrer ; les enfants sont seuls. Infiniment merci.

Elle sortit de la chambre de sa belle-mère et s'éloigna dans une fraîcheur matinale, le cœur soulagé et inondé d'espoir d'un lendemain meilleur. Elle se disait dans son cœur : « Heureusement que ma belle-mère est vivante. Je savais que je pouvais compter sur elle. Béni

45

soit l'Eternel qui la maintient en vie ». De retour de son auto-mission, elle ignora simplement la mamie-conseillère. Elle l'avait déchue de ce statut, avait pris ses distances à son égard, car elle avait compris que l'envoyer chez le fameux pasteur, était une façon à elle de la détruire, de prendre sa revanche, elle qui l'enviait sourdinement. Elle mijoterait dans son cœur de lui arracher son époux si elle était plus jeune. Notre Mère mit donc fin à leur fausse relation, sachant que sa belle-mère qui avait œuvré pour son placement ne pouvait méditer la déchéance de son foyer. Elle avait assurément compris la leçon que lui avait donnée grand-mère Cathy : placer son espoir dans ses enfants. Elle décida désormais d'appliquer scrupuleusement cette leçon de vie en nous plaçant, nous, nos études et nos besoins au cœur de sa vie, au cœur de ses préoccupations. En l'espace d'une semaine, elle rayonnait d'un éclat, telle la lumière de la lune au zénith nocturne, avait retrouvé sa joie de vivre et sa fierté d'être mère et épouse.

Une semaine heureuse ! La belle-mère, en fin de semaine avait envoyé à Notre Mère un émissaire lui demandant expressément de passer les voir, eux, ses beaux-parents, le sixième jour de la semaine à l'aube, au moment où la nuit retirerait son voile noir de la face de la terre. Aucune information de plus ne lui avait été donnée au sujet de l'objet de cette rencontre en vue, mais Notre Mère, elle, dans son cœur le savait. Les beaux-parents avaient fait diligence afin de provoquer une assise à quatre : eux, les beaux-parents, leur fils et leur brut. La veille, ils avaient invité leur fils à passer la nuit dans la maison paternelle afin de pouvoir échanger avec eux sur la question brûlante avant l'assise du lendemain. Respectueux de ses parents et surtout de grand-mère, de qui il était complice, il s'était plié à leur exigence. Aussi lorsque son épouse toqua à cinq heures du matin au portail de la maison familiale, c'est l'époux, tel un veilleur de nuit, qui réagit. « Qui est là ?» « C'est Patie ». « Un instant ». Il s'empressa d'ouvrir le portail devant lequel il tomba nez à nez sur son épouse laissée en jachère depuis trois mois.

Elle avait porté une de ses robes moulantes, mettant soigneusement en exergue ses rondeurs arrière et avant. Une odeur suave et attractive se distillait de son corps planté sur des talons aiguilles. Un visage élégamment maquillé avait métamorphosé Notre Mère en une fée des prés en quête d'un protagoniste en puissance avec qui elle allait voltiger, conjurer le démon de la solitude qui avait rongé sa vie depuis quelques mois, puis exorciser l'âme du protagoniste de l'esprit d'abandon familial le rendant inconscient, indifférent à ses responsabilités.

— Waoooooo ! s'écria-t-il. Je vois mal ou quoi. Patie ? C'est vraiment toi ?

— C'est bien moi, répondit maman.

Il frotte ses yeux pour mieux voir.

— On dirait que mon absence t'a fait du bien ?

— Tu parles !

— Tu permets ?

— Volontiers.

Ils se firent des accolades. « Entre, s'il te plaît ». Il la suivit et se mit à se lécher les babines aux mouvements des tours jumelles arrière. Il se frotta les mains, se disant en son for intérieur : « Celle-là, je vais me la taper aujourd'hui. Sûr et certain ». Les beaux-parents attendaient au salon de leur rez-de-chaussée ; une lampe de table allumée distillait une lumière bleu vif et douce. « Par ici », lui dit-il en indiquant la voie de la main. « Tes beaux-parents nous attendent là ». Il attendit qu'elle passât avant lui. Elle arriva à l'entrée du salon, puis s'arrêta immobile. « Vas-y ». Il toucha son derrière pour voir sa réaction. Elle n'exprima point son opposition, préoccupée à toquer à la porte du salon. La belle-mère réagit : « Qui est là ? » Il se pressa de prendre la parole. « C'est nous, maman ». «Ah ! Faites». Ils franchirent le seuil du salon, sa main autour de la hanche de sa femme. Il lui fit des câlins devant ses parents. Par pudeur, elle résista. Il insista comme si de rien n'était ; elle était froide et avait les larmes aux yeux. La belle-mère lut cette émotion dans les yeux de sa bru qu'elle encouraga : « Sois forte, ma fille. Nous sommes là ce matin pour tout arranger. N'aies aucune crainte ». Elle sortit de son sac un papier mouchoir pour recueillir les gouttes de pluies de ses yeux, tout en faisant attention à son maquillage. Notre Père, embarrassé par son état, tente de la détendre : « Allez, chérie, tu vas te calmer, non ! C'est fini. Tu n'es pas contente de me revoir ? Allez, viens ». Il ouvrit grandement ses bras. « Viens, s'il te plaît ». Elle résistait. La belle-mère l'encouragea : « Vas-y. C'est ton mari. Il n'y a pas de honte à cela. Vas-y si tu l'aimes toujours ». Elle traînait toujours. Le beau-père, un peu stratégique : « Eh, bien. Si madame ne veut pas que les choses s'arrangent, ma femme et moi n'avons plus qu'à nous retirer ». Il tenta de se lever, mais sa femme tira l'un des pans de sa chemise et le ramena brutalement à son fauteuil. Il fit un grand bruit semblable à celui d'une chute d'un objet. Les larmes arrosaient le visage de leur bru qui ne sut à quel moment elle s'était retrouvée dans les bras de son époux. Les deux parents, heureux d'avoir réussi le pari, ovationnèrent longuement le couple qui célébrait de nouvelles noces.

— Assoyez-vous, ordonna le beau-père. Ecoutez attentivement ce que je vais vous dire. La vie, elle est faite de hauts et de bas. Ma femme ici présente ne peut pas vous raconter ce que je lui ai fait subir, sinon, elle écrirait des livres. Mais à un moment donné, il faut savoir ce qu'on veut : « être célibataire ambulant et irresponsable ou être mère célibataire et incontinente ». De toutes les façons, rien de cela n'arrange. Il faut prendre le voleur avec ses défauts que de vouloir le vendre pour s'offrir un sorcier. C'est la première et la dernière fois que j'ai convoqué cette assise pour vous. On dit souvent chez nous : « On ne conseille pas à un mangeur de haricot de boire de l'eau » ou encore « Celui qui te pousse à manger à l'excès, ne te t'accompagnera pas dans la nuit profonde aux toilettes ». Sur ce, ma voix échoue là. Si votre maman, ma femme, a quelques conseils à ajouter aux miens, elle a la parole.

— Tu as tout dit. Je voudrais tout simplement ajouter que nous avons joué notre partition, il ne reste plus qu'à eux de jouer la leur. Je demanderais à Patie de bien vouloir se rendre à la cuisine pour nous offrir le petit déjeuner et, si son mari veut également bien lui porter un coup de main, cela serait pour nous et pour elle un plaisir.

Ils quittèrent tous deux pour la cuisine et revinrent les bras chargés. Le petit déjeuner fut pris dans une atmosphère conviviale que ponctuaient blagues et rigolades. À la fin du petit déjeuner, Notre Père demanda à prendre la parole contre toute attente.

— Papa, maman, chérie, la parole ne m'a pas été donnée, mais je souhaiterais la prendre si vous me le permettez.

Grand-père dubitatif, hésitant : « J'espère que ce n'est pas pour jouer au fauteur de trouble ? »

— Non, Papa.

— Alors, tu as la parole.

Grand-mère acquiesça de la tête.

— Papa, maman, je voulais sincèrement vous remercier pour cette initiative louable et vous promettre que ma femme (Il la serra dans ses bras), je ne l'abandonnerai plus jamais (Il savait qu'il n'était pas certain de ce qu'il racontait), jamais et jamais. D'ailleurs, je vous annonce que tellement j'ai eu soif d'elle et des enfants que ce midi, c'est avec eux que je vais déjeuner.

— Et après ? demanda Notre Mère.

— Et après, on renouera avec les habitudes, la vie de midi, surtout en ce temps de confinement et de couvre-feu.

— Mes droits de midi seront intouchables.

— Promis et juré. Il y aura même la pause de 16h à 18h et le confinement du week-end.

— Voilà qui est bien dit et qui règle tout. Mais l'essentiel pour moi, c'est que tu puisses tenir. Je ne souhaiterai pas entendre des jérémiades, car dit-on, la mère des jumeaux a les fesses toujours tordues.

— Regarde-moi bien. Suis-je un incapable ou un incompétent ?

— Pardon. Je ne l'ai pas dit. C'est à l'œuvre qu'on reconnaît l'artisan.

— Trêve d'inquiétude, dit Grand-mère. Levez-vous et embrassez-vous pour sceller la réconciliation.

Ils obtempérèrent et s'embrassèrent comme de jeunes adolescents éhontés par le virus de l'amour. Ils remercièrent Grand-père et Grand-mère et se retirèrent dans la chambre de Notre Père. Grand-père et Grand-mère avaient la sensation d'une mission accomplie. Ils bénirent le Ciel, la Terre et les mânes des ancêtres qui avaient accompagné cette assise. Notre Mère et notre père passèrent toute la matinée chez grand-père à causer de tout de rien sans oublier que le midi, c'est avec nous, qu'ils devaient le passer.

Notre Père avait renoué sa vie de midi avec maman ; une vie que je n'apprécie pas vraiment, mais avec le confinement provoqué par le CO-VIR-19, le bonus de samedi nous donnera l'impression d'avoir un père. Je n'aimais pas la vie de midi, parce que toujours hâtive et réglée. Manger, repos avec Notre Mère et départ. Aucune place n'était aménagée pour nous les enfants. Par contre, les tranches de repos de 16h à 18h étaient plus relaxes à chaque fois qu'il n'y avait pas de match retour. On se retrouvait en vraie famille avec nos parents, causant avec eux et eux vérifiant nos cahiers, nous encourageant à mieux travailler et même en ce temps de corona vacances, Notre Père était, à son passage, notre répétiteur qui nous faisait la dictée, traitait des exercices de mathématiques, de physique et de chimie avec moi, et avec mes petits frères, qui étaient au cours primaire, les exercices de langage, de calcul, de dessin, de dictée, etc. Notre Mère aussi travaillait avec nous, mais pas souvent parce qu'elle était plus préoccupée par la pitance quotidienne. Le co-virus avait délogé les commerçantes de leurs trous habituels. Certaines s'agrippaient aux abords du centre commercial où elles comptaient mieux vendre leurs denrées. Notre Mère, elle, avait préféré ménager un espace devant la maison qui nous abritait afin de pouvoir faire d'une pierre deux coups : vendre ses denrées et en même temps nous surveiller. Elle s'était procuré des bavettes pour nous et pour elle-même, et avait placé à côté de son étal le dispositif de lavage des mains pour ses clients. À la maison, un autre dispositif de lavage des mains était placé sur la petite terrasse à l'entrée du salon, nous invitant à chaque instant à nous laver les mains. Nous vivions dans une cour commune, mais Notre Mère nous avait formellement interdit de jouer avec les autres enfants de la maison. Sa décision ne nous avait pas offusqués ; au contraire, elle avait renforcé notre conviction découlant des images de sensibilisation que faisaient véhiculer journalistes et spots publicitaires sur les écrans des télévisions. Elle nous avait acheté la Wii pour les jeux vidéo.

Le CO-VIR-19, ce virus de la mort, souffla son esprit sur un coin du pays du dragon. Certains crurent à un cadeau empoisonné que l'année 2019 voulait lui offrir avant de lui dire ses adieux. Ils crurent, sans être inquiétés, qu'il s'agissait d'une propriété exclusive de ces hommes aux petits yeux. Contre toute attente, l'année 20/20 gonfla les poumons du virus qui souffla plus fort son esprit de mort sur la face de toute la terre et fit de lui un héritage commun. Il était devenu une co-propriété, une propriété en partage pour tous les humains ; un petit virus qui avait paralysé le monde entier, y compris les irréductibles frivoles et volages. Laissons les prostitués et les prostituées là où elles ou ils sont. Des pères de famille prostitués avec plus de dix maîtresses à gérer. Ils me parleront du roi Salomon. Et alors ? Un seul homme, un seul corps, une seule tête et une seule braguette. Qu'ils me permettent de leur poser la question sur la gestion de ce harem. Quand des femmes peu consistantes ne veulent pas être prisonnières de leur égoïsme, ils crient au désastre : «Héhéhéhéhé, celle-là, c'est une pute, elle n'est pas sérieuse, c'est une traînée, une passoire ». « De vous deux, qui est pute ? Vous deux », répondrai-je.

Notre co-virus est une affaire de santé commune. Sinon, moi, l'aîné des enfants de midi allait prier que Dieu, exacerbé par les bêtises et l'orgueil humains, prolonge ce calvaire. Malheureusement, tout le monde en pâtit. Qu'il daigne nous sauver de notre condition misérable. Les maisons sont devenues des trous de rats vides, remplis de misère à cause d'un petit virus en mutation suivant les aires. Il se développe une nouvelle forme de prostitution, la prostitution du jour pas vraiment productive, les clients n'offrant que ce dont ils disposent. Repenser la vie après le CO-VIR-19 tel peut être le message que Dieu semble passer à l'humanité. Les convoitises du monde, la course effrénée pour les biens du monde, la quête permanente de la gloire, l'honneur, l'égoïsme, les déviances d'une vie ordurière et perverse, etc., voilà où nous a conduit le monde post-moderne, un monde d'horreur, de misère humaine, d'aveuglement, de surdité et d'in-humanisme. Repenser la vie après le virus partagé, une vie de préoccupation sanitaire, de culture hygiénique, de solidarité, de reconstitution du noyau familial, de reconditionnement des hommes, bref, une vie d'humanisme.

Notre Mère était devenue une fervente chrétienne qui savait prier seule sans l'accompagnement d'un pasteur, d'un frère ou d'une sœur à cause de la fermeture des lieux de culte imposée par le virus rebelle. Elle priait sans cesse non pas pour obeir aux commentaire de Dieu, mais pour le remercier, lui qui a soufflé l'esprit de mort, ce méchant virus sur la face de la terre paralysée où règnent stress, anxiété et la peur du lendemain. « Hé Dieu, tu es bon dèh. Tu as dit que tout concourt au bien de ceux qui aiment Dieu-là, c'est avec le CO-VIR-19 que j'ai vu ça. Mon mari est revenu. Il fait le gentil époux, le gentil papa et même le gentil fils. Hé Dieu, merci looooooo, merci ! Seulement, Dieu, si tu pouvais vite faire partir le CO-VIR-19 là, tout le monde respirerait mieux, parce qu'actuellement-là, c'est la panique dans nos cœurs. La peur de mourir. Mais il faut penser à m'aider à garder mon mari, parce que lui-là maintenant que je l'ai reconquis, je vais le ceindre au niveau de mes hanches avec du fil blanc. Amen ! ». Notre Père, aussi, chrétien, était devenu très attentionné. Chaque midi, il revenait les bras chargés de petites choses qui apportaient la joie à la maison : les kiwis, du pain au fromage, au jambon, aux saucisses, des pizzas, de la chou croute, des shawarma, des falafels, etc. Bref, il revenait avec ces petits cadeaux qui égaient la bouche et le corps. Il n'oubliait pas, ce faisant, Notre Mère et veillait notamment à ce que rien ne manquât. Il avait fait peau neuve à son cœur pour que le CO-VIR-19 ne l'emportât dans ses velléités.

Généralement baptisée journée de confinement total, la journée de samedi était bien remplie pour notre famille, nouvelle version CO-VIR-19-20/20. En 2020, Notre Mère a obtenu 20 sur 20 dans son foyer grâce au CO-VIR-19 qui a provoqué des mesures d'accompagnement. La mention « Excellent » ne s'envolera pas avec le départ du CO-VIR-19 aussi indésirable que le pet de Grand-mère. Il y avait donc couvre-feu autour de notre appartement d'où personne ne sortait du matin à 7 heures au soir à 19 heures. Nos activités ludiques et d'apprentissage étaient confinées dans ce modeste appartement et se limitaient au manger, au retour à nos livres et à nos cahiers pour revisiter nos exercices, nos leçons, échanger de nouveau avec nos erreurs, les corriger ou encore les caresser, se mettre dans la peau de ces personnages des dessins animés qui passent sur les chaînes de nos télévisions locales ou sur des télévisions spécifiques telle que la *Cartoon TV*. Le samedi, Notre Mère reléguait certaines tâches, à l'instar du monitorat, à Notre Père qui l'avait expressément exigé. Il devenait donc notre précepteur pendant deux heures, sans pression ni violence, mais dans un climat affectif entrecoupé d'histoires drôles qu'il nous racontait, puis nous interrogeait au sujet des personnages principaux de ses histoires. Il nous initiait aux gestes barrières contre l'inhalation du CO-VIR-19 : tousser dans le coude, porter nos bavettes si l'envie nous prenait d'aller à l'extérieur de l'appartement, nous laver régulièrement les mains, ne pas cracher au sol ni éternuer dans les mains, ne pas serrer les mains à nos camarades, ne pas s'amuser en groupe, être distant d'un camarade si nous voulions parler à quelqu'un, etc. À cet effet, il mit à notre disposition des bavettes, des papiers mouchoirs, du gel hydro-alcoolique, bref tout ce dont nous avions besoin pour notre sécurité sanitaire. Il nous exhortait à conserver ces réflexes hygiéniques et sanitaires même après la mort de l'ennemi mondial actuel. Les occasions de travail avec Notre Père naguère invisible et inattentif me paraissaient trop belles pour être vraies et m'infligeaient au même moment une torpeur inexplicable.

Notre Mère, de son côté, s'extasiait dans les bras d'un amour retrouvé qui l'emportait dans les dédales d'une aventure qui, à l'en croire, était scellée par le CO-VIR-19 pour de bon. Elle ne pensait pas que son monstre allait lâcher les habitants de la terre, qu'il a faits prisonniers, sevrés de leurs cochonneries, de leurs vacheries, de leurs animosités, même si, des téméraires, quoique dans sa prison, sollicitèrent les sapeuses pompiers du sexe pour vider les eaux de leurs reins inondés. Son prince charmant était de retour et plus rien n'allait l'éloigner encore d'elle. Elle humait et reniflait ce vent doux aux odeurs sensationnelles qui remplissait leur monde de tourtereaux retrouvés. Elle préparait les mets préférés de son tendre époux qui les appréciait à table par de tendres baisers qu'il posait sur le front de Notre Mère dont le corps hurlait de sensations que provoquaient ces baisers électriques de celui qui, de nouveau, avait reconquis son corps.

Le confinement total de la journée sans couvre-feu, comme Notre Mère l'avait imposé à Notre Père, ne rimait en rien dans la tête de certaines personnes pour qui le CO-VIR-19 n'existerait pas. On a beau prendre des mesures drastiques pour empêcher les regroupements populaires, cela n'impressionnait pas cette catégorie de personnes incapables de s'enfermer, de s'empêcher de faire la fête. Tant qu'elles ne croient pas en l'existence de ce tueur invisible, la vie mondaine continue. La célébration des anniversaires. C'est incroyable ! C'est choquant, mais sans choc pour les passionnés de la belle vie. Jusqu'à quand certaines personnes comprendront que la vie d'une personne ne tient qu'à un fil ? Malgré les trompettes de sensibilisation contre l'ennemi invisible de l'année, notre voisin tint à célébrer son anniversaire, à se faire ce plaisir quitte à mourir après. La musique monta, descendit, monta et redescendit, puis monta pour alerter le quartier. Des cris de joie vrillèrent le ciel, on dansa, on se colla sans bavette ; du zouk, corps-à-corps, hanche-à-hanche, bouche dans bouche. « C'est l'inconscience ! » hurla un voisin de passage. « Vous êtes inconscients et vos jours sont comptés. L'un d'entre vous tombera sous des coups de toussotements, de fièvre, d'un cruel mal de gorge et d'arrosage effréné de vos ouvrages communs et vous serez impuissants. C'est à ce moment que vous saurez que vous êtes inconscients ». Il faut se faire plaisir. Mais malheureusement, les fêtards contaminés lègueront le monstre à toute une chaîne d'individus transmetteurs potentiels. Ah ! Vraiment ! Il faut que Dieu repense à remodeler le cœur humain.

Deux semaines plus tard, Grand-mère rendit l'âme suite à une crise cardiaque. Elle était l'une de ces femmes extrêmement riches ayant construit leur pactole sur la vente de tissus pagnes. Notre Père était fils unique qui nageait dans l'opulence, à quoi s'ajoutait son statut d'agent comptable d'une grande institution dans les caisses de laquelle il puisait du pognon comme sa propriété privée, en complicité avec son patron directeur avec qui il partageait la manne. Il remercia le Ciel parce que sa maman n'était pas tuée par le monstre saisonnier qui jetterait l'anathème sur les funérailles de Grand-mère. Il peut donc se permettre toutes les manœuvres malgré les mesures prises par les garants de la sécurité du peuple. Grand-père convoqua une assise familiale à laquelle furent associés les oncles de la défunte comme l'exige la tradition de chez nous, accordant une grande importance aux oncles maternels dont le neveu ou la nièce sont censés être la propriété de son vivant. En ce sens, leur présence est incontournable dans la prise de décision concernant l'inhumation du défunt après sa mort. Il fut décidé qu'elle soit inhumée une semaine plus tard, car il ne se posait pas de soucis d'argent. En moins de trois jours, les préparatifs simplifiés furent au point : cent faire-part et cinquante cartes de remerciements commandés, deux services traiteurs, à disposition de qui fut mis un bœuf à abattre, furent mobilisés pour la restauration, avec consignes fermes de servir les mets dans des plats jetables à emporter. Un camion frigorifique chargé, offrira ses services de bière en canettes et de bière pression le jour de l'inhumation. Un pagne avec le cachet-photo de Grand-mère fut commandé et livré en l'espace de trois jours pour des tenues uniformes exclusivement prévues pour les membres de la famille ; des tailleurs et couturières furent réquisitionnés et rémunérés exceptionnellement.

Grand-mère fut inhumée dans la stricte intimité familiale, accompagnée de quinze personnes se tenant à équidistance d'un mètre. Chaque clan, chaque famille avait reçu un lot de faire-part et de cartes de remerciements à titre informatif. La cargaison de mets préparés, de cannettes et de bière pression servie dans des bouteilles *Evian* fut distribuée en fonction des clans et des familles du village par l'entremise des chefs claniques et des chefs de familles. Une danse traditionnelle fut organisée en l'honneur de Grand-mère dans l'après-midi. Tous les danseurs exécutaient des pas de danse à distance, le nez et la bouche masqués d'une bavette. Les deux tambourineurs, les cinq danseurs et les quelques membres de la famille s'étaient tous soumis aux gestes barrières de protection. La danse traditionnelle fut également exécutée dans la stricte intimité familiale ; quinze personnes au total avaient pris part à cette cérémonie honorifique. Le père et le fils furent satisfaits de cette sobriété en présence humaine qui était à la fois une protection, un refus de désordre et de dépenses insensées ; ils souhaitèrent que cette mesure relative aux inhumations, aux cérémonies d'adieu et d'honneur de nos défunts devienne un acquis pour notre société qui gagnerait en nature, en argent et en sécurité. Tout le week-end fut pour Notre Père, quand bien même en peine, un moment de paix en ce que notre société, sous la pression de l'esprit de mort, était soumise à des mesures aussi drastiques que salutaires. Notre Mère se sentit honorée, très honorée d'avoir pris une part active à l'organisation des obsèques de Grand-mère en sa qualité de bru préférée.

Grand-père décida une semaine après l'inhumation de grand-mère de nous rendre visite en compagnie de Notre Père. Il voulut prendre le pool de l'atmosphère qui régnait dans le foyer de sa bru. Il ne souhaita ni manger ni boire ; juste une visite de courtoisie empreinte de conseils pour sa belle-fille. Il décida de mettre son fils hors de son rôle de conseiller détenteur du livre de sagesse qui guidait la vie en général et les foyers en particulier. Tandis que Notre Père était accroché aux images télévisuelles dans le boudoir, Grand-père et Notre Mère se retirèrent sous le manguier de la cour commune. J'assistai à leur séance-conseil sous le regard approbateur de Grand-père. « Ma fille, dit-il, nous savons que la vie à deux est toujours agitée et surtout la vie en couple qui est une école initiatique. Elle nécessite beaucoup de patience et de délicatesse pour supporter l'autre. L'homme est un chasseur insatiable, quelle que soit la qualité du gibier abattu. Il a toujours envie d'aller à la chasse et en abattre un nouveau. Et ça, c'est mon grand-père qui l'a dit. L'homme est un animal dont la peau ne se porte jamais par devant. Elle est toujours portée par derrière afin que, partout où elle tombe, la porteuse puisse s'en aller sans s'en rendre compte. C'est aussi mon grand-père qui l'a dit. Et pourtant l'homme, c'est l'idiot et le fou de la société ; domptable et indomptable. Il est un gros bébé idiot que les femmes manipulent lorsqu'elles maîtrisent ses faiblesses et un fou indomptable lorsque celles-ci leur échappent. Et ça, ce n'est pas mon grand-père qui l'a dit ; c'est tous les hommes qui le disent. Ma fille, étudie ton homme et sers-lui ses plats préférés. Si ce sont les mets buccaux qui le préoccupent, sers-les-lui ; si ce sont les mets sensuels, n'hésite pas à les lui servir et bien le servir ; si sont les deux mets qui lui tiennent à cœur, tâche de les lui fournir et bien les fournir. Quelle que soit la maladie dont souffre ton homme, toi seule en détiens le remède ». Ces conseils touchèrent Notre Mère qui s'accroupit spontanément devant Grand-père pour lui exprimer sa gratitude. « C'est mon devoir, ma fille, d'œuvrer à la stabilité du couple de mon fils. Si son foyer est stable, c'est sa personnalité qui l'est notamment ». Sur cette conclusion, il se leva et interpella son fils qui devrait le ramener chez lui. Notre Mère et nous les accompagnâmes jusqu'au véhicule de Notre Père. La BMW démarra, nous laissant derrière elle dans une atmosphère morose. Notre Mère demeura immobile, emportée dans ses réflexions sur les conseils de Grand-père. Elle se disait en son for intérieur, « à quoi sert-il de tenter l'impossible ? Pourrais-je apprivoiser un homme qui n'éprouve rien pour moi et qui, de surcroît, est un chaud lapin? Non, il ne sert à rien. Il vaut mieux de le laisser continuer sa course, car un chaud lapin de nature reste un chaud lapin ». « Allons les enfants, c'est bientôt l'heure de dîner ; allons remuer le fond de la marmite.»

Le naturel revient

Notre CO-VIR-19 était-il un mal nécessaire ? Je ne saurais répondre à cette question, vu que le tragique avait pris le dessus sur la restauration des vies dans les foyers où avaient régné tristesse et désolation et que probablement la débauche avait perdu son ardeur. Des milliers de morts de par le monde. Ce drame mondial n'était pas nécessaire ; on n'avait pas besoin de ces morts, d'une économie asphyxiée, d'un emprisonnement sans barreaux qui a stressé, brisé aussi des foyers où des partenaires de jeunes couples ont préféré le divorce parce que l'un devenait le CO-VIR-19 de l'autre. Qu'aurait-on gagné ou perdu avec le CO-VIR-19 ? Le monde n'a pas cessé de tourner, mais il est au ralenti malgré le fleurissement de quelques affaires afférentes à l'ennemi commun. Des établissements (scolaires et non scolaires) fermés, de grandes rencontres suspendues, des rendez-vous d'affaires annulés, des cours mondiaux chutés, des navigations aériennes et maritimes voire des circulations urbaines et interurbaines suspendues. Le monde avait cessé de respirer sur un coup de tête du CO-VIR-19. Le monde entier était tout simplement immobilisé et sans vie. Des villes entières mortes, désertes et inanimées. Des rues, chaque jour en deuil dans le silence, pleuraient à chaudes larmes, revendiquant leurs admirateurs et compagnons de tous les jours, ces blocs de ferrailles qui usent leurs quatre, dix ou seize membres à force de les limer en échangeant avec elles. Elles pleuraient également leurs compagnons humains qu'elles ne reverraient plus jamais et ceux qui, vivant, les avaient mis au chômage technique pour cause d'insécurité sanitaire mondiale.

Les grandes places qui drainaient au quotidien un monde important d'hommes, de femmes et d'enfants sont indéfectiblement vierges, stériles, désœuvrées et improductives. Des places touristiques Le Dragon, Le

Coq, La Maison de la Vierge, La Maison de Jésus, La Maison de Mahomet et d'autres encore sont toutes tendues voire révoltées de savoir leur beauté inutile, ne donnant spectacles qu'à elles-mêmes sans aucune chaleur humaine qui ne prenait leur température en échange de la sienne ; des places désertes, muettes, blotties derrière leur impuissance à séduire, en ce moment-ci leurs vieux admirateurs et amoureux. Elles étaient en jeûne technique afin de préserver leur sécurité et celle de leurs fidèles et admirateurs. Elles avaient évité le défi en mettant les clés sous le paillasson. Leur fécondité avait été dévorée par le CO-VIR-19, l'ennemi redoutable dont elles souhaiteraient célébrer la mort imminente, invisible riposte à sa présence inattendue. Notre CO-Virus ! Hé hé hé ! se lamentaient-elles, lâche nos bottes looooo, laisse-nous vivre. Nos compagnons ont marre d'être des prisonniers sans barreaux.

Six mois plus tard, cette vilaine progéniture de Satan avait enfin fait ses bagages ; il avait fait ses adieux aux hommes de la terre ; il leur avait collé la paix. « Et enfin ! » s'exclamaient les uns et les autres. Ceux qui avaient perdu les leurs et avaient eu le courage de continuer de vivre la peur dans l'âme, parce que ne sachant de quoi sera fait le lendemain, pouvaient à présent pleurer leurs morts tranquillement sans rides. Dans notre petite famille, personne n'avait perdu ses cheveux. Nous étions tous préservés de ce petit enfant de rue, ce CO-VIR-19. Le confinement virologue avait notamment été rangé dans les placards d'où resurgissaient les vieilles habitudes des uns et des autres. Chassez le naturel et il revient au galop. Le CO-VIR-19 était chassé avec ses mesures, mais les vieilles habitudes, elles, n'étaient pas chassées ; elles sommeillaient tout simplement pour se réveiller avec la liberté reconquise.

Notre Père avait repris ses libertinages sexuels, ses quêtes et ses reconquêtes. La mort du CO-VIR-19 et la reprise normale des activités lui avaient apporté de la chance, pensait-il. Une jeune fille, qui avait l'âge de son premier garçon, venait d'être embauchée dans son département sous sa direction, avec un BTS en comptabilité-finance. Celle-ci s'approcha de lui pour solliciter une petite avance sur solde lui permettant de gérer le quotidien avant le virement de son salaire. « C'est l'occasion ou jamais », estima-t-il.

— Mademoiselle, vous habitez quel quartier ?

— Le coin du monde.

— Sérieux ?

— Oui monsieur.

— Ah oui ! Ça ne pouvait pas mieux tomber. Si cela ne vous dérange pas, je peux de temps à autre, vous déposer. Autre chose, vous habitez une maison familiale ou êtes-vous en location ?

— Je vis présentement avec mes parents, mais je compte d'ici à deux mois chercher un studio, ce serait plus confortable pour moi.

— Si tu permets, je pourrais te porter un coup de main ; t'aider à trouver ton studio par exemple et assurer ton transport. Ça te va ?

— Ça peut aller, monsieur.

Elle se leva et fléchit le genou pour le remercier.

— Non. Non et non. Redresse-toi, s'il te plaît.

Il se déplaça de son fauteuil, s'approcha d'elle et lui fit un câlin dans le visage, puis ajouta : « Des filles belles et gentilles comme toi sont rares. Vous le méritez, n'est-ce pas ? »

– Merci monsieur.

Elle revint sur sa demande.

– Et ma sollicitation, monsieur ?

– Je n'ai pas oublié. Assieds-toi une seconde.

Il tira l'un des tiroirs de son bureau, y prit la clé du coffre-fort qu'il ouvrit, puisa à tout hasard des billets flambant neufs de dix mille franc CFA qu'il tendit à la fille.

– Prends et compte, dis-moi combien tu as !

– C'est cent mille.

– Cent mille ? Tu es sûre ?

– Monsieur, voilà vos billets, comptez-les vous-même !

Elle se leva et fit mine d'être fâchée après avoir fait glisser dans son sac à main deux cents mille francs. Lui, se déplaça vers elle. « Ma chérie, ne te fâche pas. J'ai voulu juste me rassurer ». Il lui fit une bise sur les lèvres. Elle esquissa un sourire. Prends encore cent mille. Cette-fois-ci, il prit soin de compter ce qu'il avait décaissé. Elle les encaissa après les avoir comptés.

– C'est exact. Les prochaines fois, tâche de ne plus

m'accuser de cette façon.

– Non, tu ne comprends rien. Je ne t'ai pas accusée. J'ai voulu simplement me rassurer. Si tu n'es pas satisfaite de ma réponse, là je me mets à genoux pour m'excuser.

Il joignit l'acte à la parole, mais il était à deux doigts de se mettre à genoux quand elle le tint par le bras pour l'en empêcher, puis le fixant d'un regard perçant, elle lui prit chaudement les lèvres et, les relâchant aussitôt, elle s'éclipsa dans le couloir, hors de son bureau.

Les deux partenaires en herbe avaient pris réciproquement leur température. Ils s'étaient plus ou moins découverts. Les dés étaient jetés, les boulevards libérés ; chacun d'eux allait mener son jeu. Notre Père, dès cet instant devenait tous les soirs le coursier de sa nouvelle dulcinée qui ne tarda pas à apporter la bonne nouvelle à son amant épris de sensualité ; le studio était repéré à quelques mètres de sa maison. La nouvelle fut bien accueillie par Notre Père qui débitera une avance d'un an, soit un montant de quatre cents vingt mille francs, sans hésiter. Désormais, il pourrait tranquillement passer ses midis ou ses nuits, étudier les dossiers importants du service dans ce studio qu'il meubla spontanément. Si Notre Père croyait trouver un champ à passionnément labourer, la jeune fille de son côté, était gracieusement tombée sur un champ dont les cultures étaient prêtes à être moissonnées. Elle les moissonnait sans se poser de question sur les auteurs ayant favorisé leur réussite; elle moissonnait et moissonnait encore sans souci ; continua de trouver les moyens d'extorquer Notre Père qui n'avait jamais eu la présence d'esprit de se renseigner sur le genre de fille qu'il avait dans sa culotte.

A chaque fois qu'elle vomissait des prétextes fallacieux pour lui soutirer du sou, il se pliait en mille pour les avaler. Ainsi, il lui acheta une *Carina 3* maison pour ses courses parce que Notre Père n'aura pas le temps à chaque instant pour l'accompagner dans ses courses. Elle vint pleurnicher dans ses oreilles de vouloir construire chez ses parents un petit rez-de-chaussée pour qu'en cas de difficultés, elle puisse s'y retirer. Notre Père, sans réfléchir, prenait les désirs de la jeune fille pour des ordres. Celle-ci, se sentant en terrain fertile et conquis, enchaîna ses désirs : achat d'un terrain et

76

construction d'une maison avec jardin et piscine, achat de billet d'avion pour son petit frère qui partirait aux Etats-Unis après avoir gagné au Loto visa, sans compter les dépenses liées à ses soins esthétiques hebdomadaires, à ses petits besoins mensuels en carburant, aux petites réceptions et à la belle vie des boîtes de nuit. Toute une année suffit pour que Notre Père détourna de la caisse de son service cent millions de francs et vider tous les comptes de Grand-mère. Tout ce qu'il réalisa, il le fit au nom de la jeune fille sous le couvert de l'amour passion.

Le train de vie qu'il mena avec sa nouvelle conquête attira l'attention de ses supérieurs hiérarchiques qui recommandèrent expressément un audit ; le trou fut béant ; cent millions de francs en manque. Il fut sommé de rembourser ce montant dans un délai de trois jours. Il éprouva des difficultés à le faire et fut conduit directement en prison. Pendant que le scandale éclaboussait notre père, sa jeune dulcinée avait ses papiers de voyage à jour pour rejoindre son petit ami aux Etats-Unis, son présumé petit frère dont le coût du billet avait été pris en charge par Notre Père. Elle vendit tout ce qu'elle avait acquis sur les fonds détournés par Notre père et prit son vol une semaine plus tard, sans chercher à savoir ce qu'il devenait dans sa cellule. La première épouse de Notre Père, sans source de revenu pour subvenir aux besoins de ses enfants, vendit la maison qu'ils habitaient et regagna la maison de Grand-père qui lui offrit un petit logement de deux pièces salon.

*

* *

Les activités avaient repris leur cours normal et Notre Mère avait repris sa place au grand marché de la ville. Grand-mère de son vivant, se sentant fatiguée lui avait cédé ses marchandises. Elle les géra avec dextérité et devint grossiste, se rendant alternativement à Dubaï ou à Zhouguang pour de nouveaux achats. Elle parvint à ouvrir trois boutiques dont deux de prêt-à-porter et un de tissus pagnes. Elle décida d'inhumer les hommes, de se dévouer à son commerce et à nos études. Elle réussit à me faire partir pour la France, celui qui était mon cadet de deux ans partit pour les Etats-Unis et notre Benjamin pour le Canada, l'année où Notre Père sortit de prison après y avoir passé dix bonnes années.

Pendant qu'il y était, son père mourut de chagrin. Sa première épouse et ses trois enfants, devenus des délinquants attitrés, vendirent la maison paternelle. Notre Mère, n'étant associée à rien et ne voulant être associée à rien du tout, s'acheta un demi lot de terrain sur lequel elle bâtit des dépendances et un bâtiment central à étage.

Au terme de son incarcération, Notre Père fut accueilli au seuil du portail principal de la prison par Notre Mère qui, durant la période carcérale, lui avait apporté son soutien indéfectible en lui rendant visite deux fois par semaine avec un panier chargé d'une variété de mets à consommer à chaud ou en différé. Elle avait oublié toutes les peines qu'il lui avait infligé de par sa vie de délinquance sexuelle et l'avait pris pour le père de ses enfants qu'elle ne voulait pas voir mourir si tôt et de surcroît en prison. Elle fit tout ce qui était en son pouvoir pour qu'il ne se sente pas abandonné. Très heureuse de voir le père de ses enfants enfin recouvrer sa liberté, elle se précipita de lui prendre son sac pratiquement vide, le conduisit à sa voiture et lui demanda d'y monter. Une fois à l'intérieur, il fondit en larmes. Faisant l'indifférente face à son émotion, Notre Mère réagit d'un ton sec. « L'heure n'est à l'émotion, je dépose où, monsieur ? (Il pleurait de plus bel. Hep hep hep !) Monsieur, je ne suis pas venue ici pour vous regarder pleurer. J'ai décidé de vous aider et c'est pour cette raison que je suis là. Vous ne dites rien, vous descendez et je m'en vais. (Il pleurait davantage). Et bien, descendez avec votre sac et moi je m'en vais ; je reviendrai dès que vous aurez assez pleuré ; bien sûr si vous me faites appel ». Elle sortit de son véhicule, fit descendre aussi bien Notre Père que son sac et rembarqua. Notre Père se mit à genoux pour lui demander pardon. Elle le regarda dans son rétroviseur côté chauffeur et démarra tout de même. Des inconnus accoururent vers Notre Père. « Monsieur qu'avez-vous ? » « C'est ma… ma… ma… femme ». « C'est votre femme ? Ooooooh ! Et pourquoi vous abandonne-t-elle ? » Il pleurait toujours. « Elle a raison, leur dit-il. J'ai fait pire que le coup qu'elle est en train de me rendre. (Elle les suivit à quelques mètres, dans son rétroviseur intérieur.) Je l'ai torturée onze ans auparavant, je l'ai fait souffrir, pleurer, passer des nuits sans sommeil ». « Oooooh ! » Ils secouent tous la tête.

Le groupe attendait, très curieux, d'écouter la suite de l'histoire, quand Notre Mère revint sur ses pas, immobilisa la voiture tout près d'eux et rabattit la vitre côté chauffeur. « Monsieur, venez monter ou je pars ». Il se releva rapidement et courut en nettoyant les déchets que ses genoux avaient ramassés au sol. Il monta prestement dans la voiture et remercia notre mère sur un ton on ne peut plus mielleux. Notre Mère, le visage toujours fermé, savait pertinemment que Notre Père n'avait nulle part où aller et qu'elle était pratiquement le messie qui allait le sauver, la bonne samaritaine qui allait avoir compassion à son égard. Elle formula son propos sans laisser le choix à Notre Père qui n'en avait d'ailleurs aucun. « Je t'emmène chez moi, ça te va ?» «Oui, oui, oui, maman. Alors, on y va ».

Elle accueillit Notre Père chez elle, lui offrit une chambre au niveau des dépendances avec des instructions fermes qu'elle n'était plus sa femme et qu'elle ne voudrait jamais voir dans sa maison ni la progéniture de son premier lit ni sa rivale. L'humanisme qu'elle manifestait à l'égard de Notre Père, était un acte de reconnaissance qu'elle exprimait à l'égard de Grand-mère à titre posthume. Elle lui servait à manger et mettait à sa disposition tout ce dont il avait besoin, mais refusait qu'ils vivent en mari et femme. La piaule que Notre Mère avait affectée à Notre Père était bien spacieuse, précieusement meublée et climée avec WC et douche internes. L'ameublement était plus ou moins somptueux : un canapé en cuir, une télévision, un petit ordinateur avec téléphone et connexion wifi, un lit en bois aux motifs unis à ceux de la commode et de la garde-robe, un sol paré de moquette. Notre Mère avait pensé au besoin que sentirait Notre Père de communiquer avec nous. Elle laissa délicatement nos contacts téléphoniques sur la commode dans un papier transparent. Notre Père se croyait dans une chambre d'hôtel. Il y prit une douche chaude comme il ne l'avait jamais fait depuis dix ans. Il lui fut servi son plat préféré, la sauce de tomate aux légumes et à la viande de bœuf accompagnant des platées de riz cuites au four. Il mangea goulûment, regarda un documentaire archive sur le désengorgement des milieux carcéraux au temps chaud de CO-VIR-19. Il se rappela son passage dans cet espace aussi dangereux qu'instructif. Il eut la gorge nouée après un bref déroulé du film de sa vie qui l'y avait conduit. Il expira. « Humm ! La vie avec ses mystères. Qui l'aurait cru que c'est la femme que j'ai traînée dans la boue qui me dépouillera de ma honte. Comme quoi, Dieu a le dernier mot ! »

Ce soir-là, il alla tôt au lit pour rencontrer son double avec qui il devait réfléchir, méditer, tirer des leçons du passé et repenser la vie d'après incarcération. La nuit, dans ses profondeurs, lui déroula en songe son arrestation et son incarcération. Il se réveilla en sursaut en hurlant : « Non ! Non ! Non ! Ce n'est pas moi, je ne veux pas aller en prison ». Ses cris parvinrent à Notre Mère à l'étage. Elle se leva, tira le rideau de sa fenêtre qui tombe sur les dépendances, l'ouvrit, mais n'eut plus d'échos. Elle hocha ses épaules, retourna au lit, puis s'en dormit. Notre Père refusa de regagner son lit de peur de refaire le même cauchemar. Il passa la suite de la nuit dans le canapé. Le lendemain, il se réveilla fatigué. A six heures du matin, Notre Mère vint toquer à sa porte ; il ouvrit. Elle constata qu'il avait passé la nuit dans le canapé. Depuis le seuil de la porte, elle l'engueula comme un gamin. « C'est quoi ça ? Si tu n'es pas à l'aise ici, tu peux t'en aller. Les portes sont ouvertes ». « Pardon, je suis à l'aise, très à l'aise. Seulement, mon psychique est tellement hanté par ce drame qui revient dans mon sommeil ». « Justement, qu'est-ce qui s'est passé la nuit ? » « Ne revenons pas sur cette affaire. J'ai fait un mauvais rêve ». « D'ailleurs, je suis là pour t'informer qu'il y a une cérémonie que tu dois faire pour avoir été en prison. Je prévois qu'elle soit faite le samedi prochain afin de permettre à ta tante d'y assister. Cela m'éviterait des commentaires désobligeants selon lesquels j'aurais fait des cérémonies afin de t'étourdir. Qu'en penses-tu ? » « Ça ne sera pas coûteux ? Je suis déjà un poids pour toi ». « On verra bien. Je voulais que tu me donnes ton accord avant que je ne prenne des dispositions ». « Si cela ne te coûte pas les yeux de la tête, tu as mon accord ». « Parfait ! J'en parlerai à tes garçons dans la journée, juste les en informer ».

Dans les croyances traditionnelles de chez nous, aller en prison est un malheur et, lorsque l'incarcéré en sort, il faut une cérémonie au cours de laquelle il subit le rite de lavage de son corps avec de la cendre et celui du rasage de cheveux pour éloigner de lui ce malheur, une sorte de catharsis. Notre Père allait donc subir ces rites le samedi, en public et au village. Notre village était situé à deux cents kilomètres de la capitale Zongra où nous résidions. Notre Mère, pour ce voyage, ne voulait pas que sa voiture soit utilisée pour des raisons de sécurité spirituelle. « Il y a de grands bus climatisés qui font des navettes quotidiennes ; il est préférable d'y voyager à bord, c'est plus discret et sécurisé. La gare d'Adjopé, notre village, se trouvait dans un quartier populeux de la capitale. La veille, très tôt le matin, Notre Mère loua un télé-taxi qui les y emmena, elle et Notre Père. Un embouteillage monstre les traîna au milieu de files de tas de ferraille bourdonnant à bord desquels des chauffeurs, las de cette routine quotidienne, s'en prenaient à l'un ou à l'autre de leurs collègues à la moindre incartade. Le chauffeur de télé-taxi boudait, gesticulait ; il avait un programme bien élaboré ; cet embouteillage lui prenait du temps et risquait d'empiéter sur son programme. Notre Mère tentait de le calmer par des mots de réconfort : « Mon frère, les plans de Dieu ne sont pas les nôtres ; il faut te calmer, ça va aller ». Notre Père, aux côtés de Notre Mère était muet comme une carpe, dans une attitude bon enfant, docile et attentif.

Le taximan les descendit à cinq cents mètres de la gare d'Adzopé. Une foule immense de petits commerçants installés ou ambulants, d'acheteurs, de badauds *pickpocket* ou de « microbes », les accueillirent dans un quartier très peuplé et dangereux. Deux «microbes » s'approchèrent d'eux : « Papa et maman, où allez-vous ? » Notre Mère : « Adzopé ». « Suivez-nous, nous allons vous aider ». « Merci, dit Notre Mère, ils ne savent pas qu'on se connait dans ce pays ; fais attention à ta serviette, ils sont capables de te l'arracher pensant qu'elle est remplie de millions. D'ailleurs, rends-la-moi ». Notre Mère à présent gérait Notre Père comme son petit garçon. À la gare, le convoyeur du bus les aida à acheter leurs tickets ; ils étaient pratiquement les derniers passagers et le bus allait laisser ce quartier boueux derrière lui, avaler les deux cents kilomètres et les déposer dans notre village aux multiples collines.

Le voyage fut agréable. Des commerçants de produits de première nécessité, sous-traitant avec les chauffeurs de bus, se succédaient de gare en gare, proposant leurs marchandises dans un humour sarcastique et communicatif. Ils séduisaient les passagers qui n'hésitaient pas à forcer leur bourse pour s'offrir ces produits avec la seule garantie d'efficacité, le marketing du séducteur.

Deux heures de route et le bus les vomit à la gare d'Adzopé dont la respiration mouvementée était particulière ce jour-là en raison du marché très animé du village à dix pas de la gare. On y entendait les aide-chauffeurs hurler : Zongra pressé ; Zongra express. Et les clients accouraient, achetaient leur ticket et se glissaient dans le ventre du bus comme des rats en fuite. Ils furent accueillis à la gare par tante Bahi qui les avait précédés un jour auparavant pour les préparatifs de la cérémonie. Elle les conduisit à la maison où une cérémonie de libation fut faite pour non seulement souhaiter la bienvenue au couple, mais aussi annoncer aux ancêtres l'arrivée de leur fils. La cérémonie fut un succès, vu que la victime expiatoire qu'est le coq immolé avait fini sa course en position dorsale, signe d'acceptation du sacrifice par les ancêtres. Installé dans le salon du bâtiment construit par son père, Notre Père fut, en cet après-midi de leur arrivée, un objet de curiosité pour certains villageois qui l'avaient perdu de vue depuis quarante ans. Ils venaient voir ce qu'était devenu ce garçon qu'ils avaient connu quarante ans auparavant, découvrir l'homme mature qu'il est devenu aujourd'hui et lui exprimer leur compassion. La maison de Grand-père fut transformée en marché sans marchandises. Des hommes et des femmes, en petits groupes, assis sur des chaises, d'autres sur des pierres, faisaient des commentaires. Tante Bahi fit sortir trois fûts de vin de palme fermenté à servir au monde présent. Elle les remercia d'être venus spontanément leur apporter leur soutien et annonça les cérémonies du lendemain. Les trois fûts morts et couchés, le vin de palme poursuivait son opération de charme, du ventre au cerveau, chez les venus-par-compassion dont certains gazouillaient et d'autres fredonnant des chansons héroïques en l'honneur des ancêtres qui ont ramené leur fils. La cour se désertait à petits coups, des venus-par-compassion repartant comme ils étaient venus sans carte d'invitation.

Le lendemain samedi, un samedi pas comme les autres ; jour de purification et de réconciliation avec les ancêtres. Très tôt à six heures, Notre Mère, tante Bahi et quelques membres de la famille conduisirent Notre Père sur la tombe de Grand-père où ils s'inclinèrent. Deux grosses gouttes de larmes chutèrent des globes oculaires de Notre Père qui les récupéra dans son papier mouchoir ; son émotion était vive, mais il ne voulait pas se laisser emporter. Les morts sont déjà morts ; ils ont terminé leur course ; seuls les vivants restent dans la course et Notre Père y était ; il n'a pas terminé sa course, mais il faut qu'il soit endurant pour la continuer malgré sa chute vertigineuse. Il était déjà physiquement et moralement suffisamment assommé par les dix années de drame et de misère carcérale pour qu'il se laissât davantage ruiné par l'émotion et la rage de ne pas avoir assisté à l'inhumation de son père.

À la maison, deux hommes âgés attendaient debout, au milieu de la cour, rasoirs traditionnels, ces lames en fer en main. À leurs pieds, un tabouret placé, impatient d'accueillir son locataire, brillait et suintait l'huile de palme. La délégation revint à la maison. Notre Père fut invité à s'asseoir sur le tabouret sans transition. Il lui fit tendre un pagne blanc à nouer aux hanches. Il allait subir le rite de rasage de cheveux. Tante Bahi remit au plus âgé des deux maîtres de cérémonie, un coquelet blanc. Il le prit et avec des incantations, il en fit sept fois le tour de la tête de Notre Père, passa devant lui, immola le coquelet et mit du sang sur ses deux pieds et sur son front, puis il prit un litre d'huile rouge qu'il versa sur la tête de Notre Père. Des rivières d'huile rouge prirent leur source depuis la tête de Notre Père et terminèrent leur cour au sol. S'ensuivront le rasage des cheveux. La tête et le menton de Notre Père furent dénudés et oints d'huile rouge. Le rite de lavage se fit dans l'intimité. Seules tante Bahi et Notre Mère étaient autorisées à y prendre part. Un second coquelet à plumage blanc fut immolé au salon. Le vieux père prit la bête à immoler et en fit sept fois le tour du corps de Notre Père à genoux devant un seau rempli d'eau, à laquelle fut ajoutée du jus à l'hysope. Quelques gouttes de sang de la victime expiatoire fut mis dans cette eau trouble avec laquelle

Notre Père prendra sa douche. Il lui était interdit après la douche de faire usage de serviette pour essuyer son corps qui se devait d'absorber les gouttelettes d'eau récalcitrantes. Les déchets de cette eau seront déposés, la nuit tombante, au «carrefour de médicaments» par Notre Père qui quittera les lieux sans regarder en arrière de peur de revenir à la maison avec le malheur expié.

La réjouissance commença avec des convives spontanément venus se réjouir avec la famille du succès de cette cérémonie d'expiation. La fête fut grandiose et belle sous l'œil vigilant de tante Bahi et de Notre Mère. Les convives mangèrent local : sauce graine au poisson avec de la pâte au fécule du manioc, ou du *placali atiéké*, *akpan*, *aloco*, *ayimolou* accompagnés du macharon piqué etc., des plats arrosés du vin de palme. Une danse populaire au rythme des tam-tams fut organisée dans l'après-midi sur la place publique du village en l'honneur de Grand-père et de Notre Père, le héros du jour transporté sur leurs épaules par certains villageois, heureux de le recompter parmi eux. Le lendemain, Notre Père, Notre Mère et tante Bahi regagnèrent Zongra soulagés d'avoir expédié ce malheur loin, très loin de leur famille. Ils étaient convaincus que plus jamais cela n'arrivera à aucun membre de notre famille.

À Zongra, la vie reprenait son cours. Notre Mère reprit ses activités commerciales. Seul à la maison, Notre Père, jouait au vigile à qui Notre Mère avait alloué une pension modeste pour ses petits besoins. Elle y laissait notamment une domestique de seize ans pour l'entretien de la maison et la préparation des mets à Notre Père. Trois mois après, la domestique devint arrogante à l'égard de Notre Mère qui ne comprenait plus rien. Furieuse, elle la remercia. Mais dans son arrogance, elle lança à Notre Mère dans le visage : «Qu'est-ce que tu crois ? Cette maison n'est pas à toi seule. Je reviendrai ; t'en fais pas. Ciao ! Ciao ! » Notre Mère n'en revenait pas ; elle tombait des nues. « Cette petite, mais… sur quoi compte-t-elle ? » Elle interpella Notre Père au sujet de l'attitude de la petite.

— Tu peux me dire ce qui se passe dans cette maison avec cette gamine ? Mon intuition féminine me dit que tu y es pour quelque chose dans cette affaire.

— Moi, jamais. C'est une accusation non fondée. Il ne se passe rien du tout. Qu'est-ce que j'ai à foutre avec des gamines de son âge.

— De toutes les façons le temps me donnera raison, si c'est vraiment moi qui t'ai récupéré pour te redonner tes forces.

Deux mois plus tard, l'ex-domestique revint effectivement accompagnée de sa mère, un matin de chaleur intense. Notre Mère dormait encore. La mère de la domestique se mit à faire du bruit et réveilla tout le monde dans la maison. Notre Père, croyant qu'il s'agissait des voisines coépouses qui se remontaient les bretelles, resta méditatif dans son lit, sondant encore le terrain afin de trouver les moyens de séduire la deuxième domestique qui aidait Notre Mère à vendre au marché. Notre Mère descendit et interpella la domestique.

— Qu'est-ce qu'il y a ? Pourquoi ce bruit ?

— Maman, c'est… c'est…

— C'est quoi ?

— C'est la petite que tu avais renvoyée de la maison.

— Et elle veut quoi ?

— Je n'en sais rien. Elle est avec sa mère.

— Fais-les venir.

La gamine, excitée dit à sa mère : « Maman viens,

as-tu peur, c'est chez moi, allons-y ». Elle devança sa mère et rentra directement au salon où se trouvait Notre Mère. Sa maman la suivit, puis la domestique de la maison ferma la marche.

— Oui, bonjour mesdames. Que me vaut l'honneur de votre visite ?

— Il se fait que la petite que vous voyez et qui est ma fille, est désormais votre coépouse appelée à partager cet espace avec vous. Elle est enceinte de votre époux de trois mois. Voilà la raison de notre visite ce matin.

— N'est-ce pas ? Attendez-moi une seconde.

Notre Mère courut à se rompre le cœur et alla tirer Notre Père de son lit. Toc toc toc ! « S'il te plaît, peux-tu venir voir quelque chose d'urgence ?! ». « Un instant, j'arrive ». Il s'empressa d'enfiler son pantalon et sa chemise et se jeta dehors comme une souris délogée en plein soleil par un serpent. « Il se passe quelque chose» interrogea-t-il à Notre Mère. « Viens et vois ! » Il suivit Notre Mère dans le silence et fit la grande découverte au salon.

— Que fais-tu ici, sale gamine ? Ecoute-moi bien, toi et ta maman, disparaissez de cette maison et n'y revenez plus jamais.

– Monsieur, elle est enceinte de toi de trois mois, c'est la nouvelle qui les a amenées ici, ce matin.

– Quoi ? Non et non. Ce n'est pas moi. Ai-je une fois vu ton slip ? Allez, oust ! Sortez de chez moi !

– Héééééé ! Papa, tu mens dèh. C'est parce que maman est ici ? Ce n'est pas toi qui me disais que c'est moi qui serai "madame salon" dans cette maison et que tu ferais en sorte que maman regagne ses enfants en Europe ; ce qui nous permettra de vivre seuls et très heureux ?

– Tais-toi, oui.

– Monsieur et mesdames (Notre Mère les tient par la main tous trois), sortez de ma maison !

Elle envoya sa domestique en fonction d'aller chercher le sac de Notre Père, celui qu'il avait ramené de la prison, pendant qu'elle-même gardait l'entrée de la maison. La domestique revint avec le sac que Notre Mère prit jeta au visage de Notre Père en lui souhaitant une bonne chance à la dérobée. Notre Père partit se réfugier chez tante Bahi, laissant la gamine à son triste sort « Je ne suis pas l'auteur de cette grossesse.

Débrouille-toi pour trouver le sale malheureux qui t'a flanqué ce couteau dans le ventre », lui avait lancé Notre Père en tournant les talons. Le lendemain matin à la première heure, tante Bahi vint se mettre à genoux devant Notre Mère pour implorer sa grâce afin que Notre Père revienne à la maison. Le refus de Notre Mère fut catégorique, car, dit-elle, c'est la deuxième fois qu'il me poignarde dans le dos. Je n'en peux plus. Il ne va pas me traîner dans la merde jusqu'à la fin de mes jours. Il vaut mieux qu'il aille mener sa vie comme cela lui semblerait bon. La démarche de tante Bahi n'accoucha que d'une souris.

Troisième jour de refuge de Notre Père chez tante Bahi, une convocation de la justice lui fut adressée. Le lendemain il se rendit chez le juge chargé de l'affaire qui déroula les chefs d'accusation retenus contre lui : détournement de mineure, fuite de responsabilité, abus de confiance, etc. Il fut arrêté et envoyé en prison. Jugé en audience, il fut condamné pour cinq ans fermes. Notre Mère jura de ne plus faire de sacerdoce pour un abruti, un ingrat qui n'a de performance que dans ses couilles.

Je rentrai de France six mois plus tard. Notre Père avait déjà purgé six mois de peine. Il fut atteint d'une pneumonie très sévère et hospitalisé sous surveillance. Rongé par la maladie, il était méconnaissable dans son enveloppe charnelle qui avait dessiné son squelette surmonté d'un crâne monstrueux avec des yeux réduits à de petits points lumineux ternes, à peine mobiles dans les creux des orbites. Je ne pouvais pas m'approcher de lui pour cause de contagion.

Une semaine après cette visite infructueuse, Notre Père rendit l'âme. Son corps fut enseveli par d'autres prisonniers sans nous permettre de voir sa sépulture. Des mauvaises langues colportèrent que la gamine avait trouvé l'auteur de sa grossesse, un jeune de son âge. Bien sûr que Notre Père avait couché avec elle à plusieurs reprises, mais il n'en était pas l'auteur. Elle avait cru que la maison lui appartenait et qu'en lui collant cette grossesse, elle et sa maman diraient adieu à la misère.

*

*   *

Cinq années coulèrent aussi vite que les jours d'une semaine. Mes deux frères cadets revinrent à Zongra juste pour les vacances. Ils avaient choisi chacun de ne plus rentrer au bercail et travaillaient déjà dans leur pays d'accueil. Nous décidâmes alors de rendre hommage à Notre Père en organisant des funérailles grandioses pour lui, non pas à Adzopé, mais à Zongra. Tous nos parents du village arrivèrent à Zongra pour assister aux grandes funérailles de Notre Père, dont le programme couvrit toute une semaine : danses et chants, tam-tam au quotidien accompagné de beuveries et de ripailles. Ce n'était pas du gâchis, mais une façon pour nous d'honorer après tout la mémoire de Notre Père, l'un de ceux par qui Dieu est passé pour nous envoyer sur terre. Nous n'avions pas oublié ces agréables moments qu'il avait passés avec nous au temps du confinement aux dégâts latéraux et collatéraux sur ordre de notre CO-VIR-19. Notre Père, que Notre Père daigne accorder à ton âme un repos éternel dans son royaume ! Nous te le souhaitons vivement, Notre Père, car ta vie sur terre, où tu as choisi de vivre en libertin, n'a été que désastre.

Août 2022

Printed in the United States
by Baker & Taylor Publisher Services